この本を詩集がわりに読もうとする人たちのためのあとがき　二三五
この本のしめくくりとしての私自身のためのあとがき　二四〇
解説　小嵐九八郎　二四二

戦後詩

ユリシーズの不在

第一章　戦後詩における行為

1　代理人

書きことば

グーテンベルクの印刷機械の発明は、ルネッサンス以後ヨーロッパ人を解放した。「報道の自由」に先鞭をつけたのは、町の片隅の小さな印刷所であった。

そこで発行された印刷活字のカタログ、パンフレットが、やがては「大新聞」になりかわっていったのである。たしかに印刷機械の発明は「ことばの文化」に革命をもたらした。

しかし、それは私たちの情念伝達のために重要な役割をもっていた「ことば」を、より遠く、より多くの人にとどかせることによって、政治的効用性を優先させただけだった。

印刷機械は「ことば」を劃一化し、知識の発達のために役立て、やがては「大きいコミュニケーション」を生み出していった。

だが、私たちのどんなデリケートな感情をあらわすことばも、喚き声も、ささやき声も、すべて同じ大きさの鉛の鋳型にはめこむという活字のおそろしさに気づく者は誰もいなかった。このことは文学、とりわけ詩を語る上で、きわめて重要なことのように思われる。

アメリカの戦後詩人ロレンス・ファーリンゲッティ（Lawrence Ferlinghetti）は「グーテンベルクの発明は、われわれ詩人に猿ぐつわを咬ませることになった」と書き、声による詩の伝達が衰弱したことをなげいているが、グーテンベルクの「犯罪」の本質的な追求を怠けている。

しかし、戦後詩が人の心に深くふれあわなくなった原因として、欧米でも日本でも（詩の伝達に用いられた）印刷活字の劃一性を無視するわけにはいかないのである。

実際、活字の劃一性、標準性はことばを「人間の道具」から「社会の道具」に変えてきた。しかし、「社会の道具」で個人の情欲を歌うということは難かしい。そのために、詩は活字の劃一性を捨てて、個人を復権できる他の伝達手段を選ぶか、活字に見合うような社会的な文学に変質するかの二者択一をせまられることになったのだ。

一口にいって戦後詩の歴史は、活字による詩の歴史である。そして「言文一致」のはたされていないわが国にあっては、「活字による書きことばの詩」の歴史であるともいえる。

このことは、戦後詩における肉声の喪失、人間の疎外を語る上で、きわめて重要なことではないだろうか。

人生の用語

耳できく「正確な標準語」もまた、活字と同じように社会的なことばである。「正確な標準語」は経済や政治に関するニュースを報道するのには向いているが「人生を語る」には適していない。

標準語の愚痴、標準語の野次というのも稀である。標準化できないような個人的な情念の問題を、標準語で語ろうとするのは何と空しいことだろう。

そこで「政治は標準語で、人生は方言で」という考え方をする人が現われるようになった。今日、テレビ、ラジオの「人生相談」の回答者の何割かは、ひどい方言訛りの持主である。電話で「モシ、モシ」を「ムシ、ムシ」といい、自分のことを「ワダス」というような淡谷のり子の身上相談が好評なのは「何となく親近感を与えるから」だといわれている。

つまり、彼女の方言訛りは相談者の「心配ごと」を一般化したり標準化したりせず、あくまでも淡谷のり子自身のパーソナルな判断の中でのみ処理していると思わせる。

詩においても、同じことがいえる。正確な標準語で語られる詩などよりも、にぶい訛りで語られる詩の方が、はるかにヒューマンな肉声を伝えることに気づくべきなのだ。

どっかへ　走っていく　汽車の
七十五セント　ぶんの　切符を　くだせい
ね　どっかへ　走っていく　汽車の

七十五セント　ぶんの　切符を　くだせい　ってんだ
どこへいくか　なんて　知っちゃあ　いねえ
ただもう　こっから　はなれてくんだ。

これはラングストン・ヒューズという黒人によって書かれた「七十五セントのブルース」という詩である。

一読して、ふつうの書きことばの詩との違いがはっきりするような肉声のひびきがある。しかも、決して「耳で聞く」ためだけの朗読用口語体にしたのでないことは、字間に空白を設けたり、平仮名を多くして詩の効果をあげたりしていることでもわかる。

これは訳者木島始の、非常にユニークな仕事の一つといってもいいだろう。ここでは活字を用いながら金釘流の無学さを表出させ、標準語の詩にはない効果を出すことに成功している。だが、日本の戦後詩には、こうした肉声のひびきをとどめたオリジナルな詩というのはほとんどないのである。

木島始でさえも、ラングストン・ヒューズを離れ、自分自身の詩を書くときには、文語体にもどってしまう。

眩しいものには何でもまいる
　飼犬の習性がひょろついて
うなだれてもうなだれてもパン屑にはありつこうと
後から後からの目白押し
追いつめられてはとその果しない足音に鞭うたれ(1)

こうした「話しことば」風の詩には、ラングストン・ヒューズの詩と違って、書きことばの発想がある。しかも、「パン屑にはありつこうと」する貧しい時代のブルースを書こうとして、いつのまにか個人の情念を捨て、社会的マニフェストにのめりこんでいるという印象を受けるのである。

こうした傾向は、戦後詩にもっとも著しい「標準語の思想」の現われである。訴えていることの重大さとは別に、しだいに肉声から遠のいてしまうことになるのだ。

東京ブルースの私

詩を伝達するための手段として、活字の他にも考えられるものがいくつかある。たとえば俳優や歌手がそうである。彼等の声（ことば）を伴った肉体は、ときには劃一的な効果しかあげない印刷活字をはるかに上まわる。しかも、情念を文字に置き代えて記号化するだけではなくて、肉体全部を記号化するというスペクタクルがあるのである。「七十五セントぶんの切符をくだせい」というときの太い声の調子、横縞のシャツと鈍く凹んだ眼、それらすべてで訴えられたときの詩は、より人間的な感動を伴うのではないかと考えることだってできる。

だが、代理品(Stand for)が、詩人自身を上まわることははたして可能なのか。

私は、ある日、レコード楽器店の前で立止る。明るい店内のスピーカーから、夜の雨の舗道へ西田佐知子の声が流れ出ている。

どうせ私を　だますなら
死ぬまでだまして　欲しかった
赤いルビーの　指環に秘めた
あの日の夢も　ガラス玉
割れて砕けた　東京ブルース

私はふと戸惑いを感じる。この「私」というのは「東京ブルース」という詩を書いた水木かおるなのだろうか、それとも歌っている西田佐知子なのだろうか?

私はレコード楽器店の中へ入ってゆき、そのジャケットを手に取ってみる。そして、ジャケットの中で涙ぐんでいる西田佐知子の（印刷された）顔の中に「私」を見る思いがして愕然とするのである。

水木かおるにとって、西田佐知子の肉体はコミュニケーションのための記号であるべき筈なのに、いつのまにか情念の主体は西田佐知子に変ってしまっている。いいかえれば、水木かおるの「私」は西田佐知子によって盗まれてしまっているのだ。

しかも、「死ぬまでだまして欲しかった」という水木かおるの極めて個人的な恨みごとは、プレスされて町中のレコード楽器店に多量に保存されてある。それは活字同様に劃一化され、いつどんなときでもレコードの持主の気分次第で聞かせなければならないという「主人持ちの情念」になってしまっているというわけなのだ。

こうして、伝達媒体を通すたびに詩の主体は不明確になってゆく。水木かおるに限らず、歌手の肉体を媒体にする詩人の多くは、いつのまにか自分の悩みを歌手によって悩まれてしまうという事態になるのである。

俳優の場合も同じことである。

「あたしをいじめて」
ある日　ビルの谷間で女の子が叫び
その叫びは通りかかった　男の体を貫いた

男は敬虔に女の子の唇をうばってから
らたいにして彼女を高くほうり投げた
広告ビラのように彼女はながれ
やがて靴みがきの女たちの足もとに落ちた
天からひとが降ってくるんだねえ
オッサンならよかったのに　首をすくめ女たちは
ぼろ切れで屍体をおおった
すぐ近くを　バスに乗るため　男は急ぎ足でとおりすぎていた「俺は几帳面な男だ」

これは石川逸子の「雲」という詩の部分である。詩の朗読会で、この詩を女優の岸田今日子によって朗読された場合を考えてみよう。

聴衆は、「あたしをいじめて」と叫んでいる女の子と、岸田今日子をダブルイメージとしてとらえそうになってふいに醒める。それを報告している叙述者もまた岸田今日子だからである。この詩の場合、石川逸子は一つの幻の事件のルポをこころみているのだが、その報告者が朗読の進行とともに岸田今日子に変ってしまうというのは怖ろしいことである。誰も他人の夢を覗くことなどできない筈なのに、岸田今日子は聴き手としてではなく、話し手として登場しているのだ。

私は、作者以外の朗読者による「詩の朗読」というものにも、ある種の苛立たしさを覚える。それに成功する場合には、必らず詩人が朗読者に犯されているのであり、聴衆の評価は「いかなる詩か」ということではなくて、「その詩を、いかに盗んだか」「その感情を、いかに偽装したか」ということに限られているからである。

自分の場所

だが、現代はもはや幸福な即興詩人の時代ではない。

一九六〇年代は代理人の時代である。私たちには何人かの聴衆の前で、インプロヴゼーション（即興）の詩をよんで報酬を得るということはできない。たとえ東京駅頭の大群衆の中に立ってカール・サンドバーグのような詩を絶叫しても、乞食なみの鐚銭《びたせん》を投げられるか、道路交通法違反で取り締まられることになってしまうだろう。

「直接の伝達」というのは、もはや社会悪なのだ。何かをいうためには、私たちは代理人を立てなければいけない。

多くの代理人たちは忙しそうに、私の為すべきことを「代行」する。政治家は、私の政治的活動の代理人であり、レストランのコックは私の台所仕事の代理人である。

小さな靴屋の主人は、私のはくべき靴を私に代って造り、金と引換えに足にはかせてくれる。私が荒地にロビンソンのような掘立小屋を建てずとも、住宅公団という代理人がいろいろと「住宅問題の解決」に手をうってくれるのだ。

彼らは自分たちのことを「専門家」と名づける。専門家！　何という忌まわしいクレジットだろう。どんなに福祉社会が発達したとしても、私の「腹立たしさ」や「さびしさ」の代理人が職業化されるわけはないではないか。

活字にも頼らず、ことばの標準語化にもまきこまれず、いかなる代理人にも頼らず、私自身のことばで詩を直接的にコミュニケーションする「自分の場所」は、もうないのだろうか？

黒田喜夫は「叫びと行為」という詩でこう書いている。

壁の前で　鋼の棒が壁と空気とひとを貫くとき
叫ぶのはひとではない
破られる肺　声とともにとびだす喉だ

声はもう戻ってこない
決して戻ってこない

「声とともにとびだす喉」について、これほど綿密に文字を使わねばならないところに私たちの時代の特色がある。

これは、自分の「叫び」を決して代理人にまかせないための、きびしい制約というものであろう。

2　書を捨てるための時代考察

直接の詩

私は、直接のコミュニケーション、代理人や媒体物を通さない詩というものについて考えているときに、モダンジャズのことを思いうかべる。たった一枚のレコードから、地下鉄のような轟音をかき立てるホーレス・シルヴァーやオーネット・コールマンの芸術。彼らの演奏はいつでも直接的である。

オーネット・コールマンの「淋しい女」(Lonely woman) という作品を指すときに、人は誰も彼の楽譜やコードネームを指したりはしないのである。彼らの作品にはいつでも「日附」がある。そして、その演奏が成立つための条件、(ガレージを修理したようなクラブやアルコール中毒の女、上機嫌な経営者や立ちこめる葉巻の煙……) をワンセットとし、行為として評価するのである。モダンジャズにとって、行為は存在である。それは時の河の流れの中で見出され、やがて見失なわれてしまう。

プリントの利かない、代理人の無用な、直接的なコミュニケーションがここにはある。人はモダンジャズのレコードを買うとき、その行為の思い出を買うにすぎない。だから、音楽としてジャズをとらえようとする知識人のことをジャズっ子たちは「あいつは、レコードでしかジャズを聴かない奴さ。」といって軽蔑する。これは「あいつは、写真でしか女を愛さない奴さ」というほどの意味である。ジャズっ子たちにとって、「淋しい女」がいい曲かわるい曲かなどという評価はなくて、何月何日の「淋しい女」はよかったか、何月何日の「淋しい女」はわるかったか、という評価だけがあるのである。

曲の大部分は、インプロヴゼーション（即興）であり、その即興を生み出すのはその日の天候や客層、また演奏者たちの精神状態によっているのである。「淋しい女」は、その場にいあわせる「受け取り手」との共同作業によって生まれるのだ。

ここには即興詩人の伝統がある。だが、「即興詩人」の伝統が、詩以外のジャンルによってのみ果されているというのは口惜しいことではないだろうか。

よりひろい見地に立って、誤解をおそれずにいうならば、詩は「在る」ものではなくて「成る」ものである。どんなことばでも、それが詩に「成る」ような状況の中ではA・ランボーのフレーズ以上に人の心を揺さぶることができる。

(S・I・ハヤカワは『思考と行動における言語』の中で面白い例をあげている。「月がきれいだわ」という言葉――この言葉は一体、何を意味するか？　というのである。もし、これをそのまま解釈すれば、気象的観測である。しかし、これをいった女と聞いた男とが恋人同志で、そこには二人しかいなかった場合、「月がきれいだわ」ということばはたちまち、キスの催促に早変りすることだろう。

「月がきれいだわ」ということばは、それ自体では物でもなければ存在でもない。だが、それをいう人間と、その場の状況で殺人行為のサジェスチョンになったり、詩になったりするのである。

ことばと状況の関係は、それほどに密接である。どんなことばでも詩に「成る」が、どんな詩も状況の中では死ぬことがある。

だから、直接のコミュニケーションによる詩を見出そうとしたら、私たちは「書を捨てて、町に出る」(2)しかないような気さえするのだ。)

この花を手折るべからず警視庁

道を歩いていて、ふと公園の立札の前で立止る。一人の俳人にとって、これが俳句としてうつったとする。五・七・五の十七文字で季語は花、切れ字はべからず、である。

私はこの掲示を俳句だとは認めがたい。しかし、俳句とか詩とかが（相対的な価値観を省くと）単に形式でしか規定しようがないとするならば、これはまさしく自然の風景とのコレスポンダンスにおいてとらえられる「街の俳句」というものなのかもしれない。だがこの俳句を風景から剝がして記録に採り活字にのせて、その状況に居あわせなかった人たちに配布したとしても、それはもう当初のアクチュアリティを失ってしまっているのではないだろうか？

せんせい
うらしまたろうは　うみにもぐるとき
めやみみに
みずがはいらなかったでしょうか

と、ある生徒が先生にたずねる。

先生は笑いだす。教室の窓から夏の海が光っている。その生徒の無邪気そうな顔を見つめて「この子はなかなか詩人だな」と先生は考える。

だが、だからといってこの「詩」を印刷して活字にのせ、（この生徒の目のかがやきや、質問好きな口とは全く無関係のところへ）配布することは、ことばが詩になったこととは全く無関係のことのように思われる。

このような、詩の直接的なコミュニケーションは、（即興詩人のためのジャムセッションのない現在では）ある状況の中で催眠術的な支配力をもつ言語のなかにあり、その感化的内容と私たちの生きることとの関わりあいによって決定されているのである。

主体の確認

詩の綜合雑誌のように閉鎖的なメディアではなくて、もっと巷にまきこぼれている詩、ネオンのようにさまざまな人生のなかで点滅している「詩」はないだろうか？

そう思った私は、谷川俊太郎と一緒に「詩さがし」に出かけたことがあった。スタティックな自己分析と、非行動的なことば遊びに終始している現代詩にくらべたら、もしかしてことばが詩に変る偶然に出会えるかもしれないと思ったのである。

そして私たちは少なくとも数篇の直接の詩を見出すことができた。詩はふいに顔をあげた愚連隊のあんちゃんのことばであったり、灼けたトタン屋根にはげかかっているポスターの文字であったりした。たとえば「ふるさともとめて花いちもんめ」という子供の唄。この唄を浅草の裏通りで赤児を背負った中年の男が口ずさんでいる。私はふと同じ文句を転向したコミュニストが胸を病んで口ずさんでいるのを思いうかべる。地図を売る店先で、駅の雑踏で、また肉づきのいい娼婦が私と同じベッドの中で同じ文句を口ずさむ。

世界中の男たちが日ざかりに、この文句を口ずさむ。「ふるさともとめて花いちもんめ」それはハイマートロージヒカイト（故郷喪失）といった観念を一〇〇の論文で叩き怒鳴るよりももっとやり場のない虚しいひびきをもった詩ではなかったろうか？

私たちの時代の批評家たちは、詩を単独に切離して論ずることに多くのスペースを割いてきた。しかし、それは実は不可能なことだった筈である。

また、べつの批評家たちは詩と歴史的客体としての詩人との関係に頭を悩まし、ロングショットで詩をとらえすぎるあまりに、間接化しすぎた詩からの主体を見失なってしまうことになった。しかし詩は本来、人生の隣りにある。「直接の詩」はどこにでも潜在している筈なのだ。

私の思いうかべる現代詩のなかで、かろうじて「直接の詩」に近いのは、藤森安和の詩ということになるだろう。彼の詩には公衆便所の落書を思想にまで高めようとする悲しい企みが感ぜられる。

ある日、救急車に乗って病院へ行った。
労働争議でもめるビルの屋上から
飛込み自殺した男の死体が
めそめそ泣いた。
変だと思いさわったら
「ばか野郎!」と死体がどなった。
慌てて院長さんに
「あの人まだ生きている。」というと
「あのひとは寝ておるのだ。おとなしく向こうへ
行っていなさい。いい子だから。」
ばかにしていやがる。いい子だからとはなんだ。
あっ。そうだ。
ここは精神病院だった。
院長さんの話だと
僕は精神異常だそうだ。

精神がどんな異常だと聞くと
性欲があまり強すぎるのに
相手がいないからだそうだ。
それじゃあと看護婦さんの手を握ったら
ベットにつれてってくれた。
そわそわしていると
ズボンを捲《まく》っておケツをなぜまわした。
看護婦さんはおケツをださなかった。
変だなと思った。瞬間。
頭から下へ向って
ホルモンがどくどくと流れだした。
にやにやと　笑ったら　ぶすっときた。
でかい太い注射器で
ホルモンを吸い取った。
ちくしょう！　おそかった。
べっぴんにきをつけろ、と親父にいわれていたのに。

帰りに待合室を見ると
男が一人すやすや眠っていた
甘酒一ぱいひっかけて街に出
ガラスごしにウインドウを覗くと
七色パンティがふんわりと飾られ
ナイロンの下着を着た
桃色の肌のすけて見える
マネキン人形が手招きした。

労働争議でもめるビルの屋上から
飛込み自殺した男の死体が
めそめそ泣いていた
そばにいた警官に
「あの人まだ生きている。」というと
「ばか野郎！　生きている人間が生きていなくてどうする。あれは酔っぱらいだ。」
警官は僕の顔をじろじろ見て電話をかけた。

べっぴんさんがういんくして路地にかくれた。
僕を呼んでいるのだろう　行くと
スカートがあざやかに捲《まく》れて
かがめた白いおケツが
お月さまに照らされておどり
桃色のパンティが舞った。
とおくから救急車のサイレンが迫る。

3　われわれはもっと「話しかける」べきではないか

星野マリ

新宿駅の地下道に毎日のように立っている女の詩人がいる。
肩から「私の詩集　三十円」という看板をさげて黒のベレー、黒の服を身につけている。彼女は星野マリという名である。

だが、彼女は「街頭詩人」ではなくて詩を売るスタンドなのだ。いつ見ても正しい姿勢で両手をきちんと下ろし、まっすぐ前を見て（よくできたマネキンのように）じっと静止したままである。

彼女の

――もう一〇年もこうやって来たの。

という自叙伝を読んだとき、私は驚いてしまった。

ちらりと私の看板を横目に
釣師のお前は
泥んこの海を
わたりあるく
その足あとの
妙に　にごりのない線
（中略）
八百屋のように
いくとおりもハートを並べて

堂々と
店びらきするお前の媚態は
名優の舞台を見るようだ

これは「可愛い娼婦に」と題された詩である。「釣師のお前」というのは、魚のように男を釣ってあるくという程の意味らしい。稚いながらも喩の手法を用い、現実を自分なりの視角から見つめ直そうとするこころみは詩人らしいということもできる。しかし、私はそのことを口でいわずにガリ版刷りの字の世界にとじこめ、彼女自身が啞のように「私の詩集　三十円」の看板を示して立っているのを奇異に感じるのである。「この娼婦は八百屋さんよ、いくとおりものハートを売ってるの」と、街頭の群衆に話しかける方が、文字を黙売するよりもよっぽど詩人らしいのではないだろうか?

新宿駅の雑踏の、あのいいようのないアクチュアリティの中に、啞のスタンドになって立っているのは空虚なことである。しかも娼婦の生活力に対する「一つの解釈」をガリ版に刷りこんで売ってみたとしても、それはどのようにも自分を変えはしないだろう。街頭詩人が、もし「直接の詩」をめざすものだとしたら、それは「いかにして風景になるか」ということではなくて「いかにして風景から脱却するか」ということにかかわっている筈である。「風景からの脱却」なしには、主体的な詩の創造などということはありえない筈なのだ。トーマス・マンが書いているように「詩人は、認識する人間であるところの学者よりも、より祝祭的な人間」なのである。祝祭としての人生に精通していることによって様々の人たちの心の中の取引きに立会えるようにできている。

だがいまのままでは星野マリは「ともに泣きともに笑う」詩人であるよりも、「見る人」である。「見る人」と「立売りスタンド」とを兼ねていて、主体的に何かを「する人」ではないのである。そのために「店びらきするお前の媚態は、名優の舞台を見るようだ」という表現でしか、詩をとらえなくなってしまっているのだ。

話しかける

星野マリは、街頭にいながら実は街頭にいない――決して話しかけない詩人だが、ギンズバーグは街頭にいないときでも街頭にいる詩人である。私は彼の「Howl and other Poems」の語りかけをレコード（Fantasy 7006）で聴いたが、それはかなりの点で「直接の詩」らしい感情の起伏をもったものだった。

それを活字化して平らにならしてしまうのは本意ではないが、およそ次のようなものである。

カールソロモン！
私はあなたといっしょにロックランドにいる
そこであなたは私より気が狂っていた
私はあなたといっしょにロックランドにいる
そこであなたは非常に不思議に感じていたにちがいない
私はあなたといっしょにロックランドにいる
そこであなたは私の母の亡霊を真似る
私はあなたといっしょにロックランドにいる
そこであなたは自分の十二名の秘書を殺した
私はあなたといっしょにロックランドにいる
そこであなたは目に見えないこのユーモアを聞いて笑い出す
私はあなたといっしょにロックランドにいる
そこで二人はおなじ一つのもの凄いタイプライターで偉大な作家になる
私はあなたといっしょにロックランドにいる
そこであなたの病状は重態となりラジオがそのことを伝えた
私はあなたといっしょにロックランドにいる
そこで頭蓋骨の機能はもはや感覚の長虫を受け入れてはくれない

私はあなたといっしょにロックランドにいる
　そこであなたはユーティカの町の老嬢たちの乳房の紅茶を飲む
私はあなたといっしょにロックランドにいる
　そこであなたは看護婦たちのからだをブロンクス動物園の貪欲な怪獣に見立てて
　　ざれ歌をうたう
私はあなたといっしょにロックランドにいる
　そこであなたは狂人拘束服を着せられていたのでは現実の奈落の底のピンポンの
　　試合に負けるではないかと叫ぶ
私はあなたといっしょにロックランドにいる
　そこであなたは緊張病《カタトニア》にかかっているピアノをがんがん叩きながら魂は穢れのな
　　い不滅なもので警備されている気違い病院などで決してみじめな死に方をしては
　　いけないものだとうたう
私はあなたといっしょにロックランドにいる
　そこでこれ以上五十回も電気ショック療法を与えられたらあなたの魂は空虚の国
　　の十字路までの巡礼から二度と自分の肉体に戻っては来れないだろう(3)

この「語りかけ」はまだまだ続いている。そして咆哮しているのはあくまでも「代理人」ではなくギンズバーグ自身なのだ。

彼は幾度も幾度も「私はあなたといっしょにいる……」と繰り返している。

私はここにほんものの詩人の一つのあり方を見る思いがする。カフカは『兄弟殺し』の中で「なぜ人間は血の詰まったただの袋ではないのか」と問いかけているが、その答は簡単だ。

人間は「話しかける袋」だからである。「血の詰まったただの袋」は、決して叫んだり話しかけたりはできないのである。

記号の空間

だが、詩人たちに向ってひたすら「肉声の恢復」だけを呼びかけることが空しいことも、私は知っている。それでは、印刷機械の発明という歴史を無視して自然に帰れと叫んでいる駄々っ子のようなもので、あまりにも現実を否定してしまうことになるからである。

私は単に歴史のために歴史に奉仕するようなニヒリストたちを軽蔑するが、その無効果性ばかりを強調して非力な本質論者になってしまおうとは思わない。「直接の詩」と同じように「記号としての詩」もまた、人生と深くかかわりあっているものなのだ。

ただ「記号の世界」、つまりもう一つの世界にあっても「直接の詩」と同じように、個人の主体だけが重要なので、劃一的な思考は排すべきだという考えは変らない。
それはいわば事実でないが真実の世界であって、虚構ではないが幻影の体験なのである。

4　実証不能の荒野へ——

他人の体験

記号は決して文学的逃避の場ではない。むしろ人生への（内的な）冒険の荒野である。エドガー・ライス・バラーズは病床に籠りながら、記号（ことば）のジャングルをターザンになって暴れまわり、何百万のアメリカの病める市民たちの心をゆさぶった。これはターザンの物語の作者の、記号への変身の成果であった。

つまり、彼はそうすることによって自らの病床生活を超え、もう一つの人生を書物の中で生きることによって社会的存在となったのだ。猫好きな探偵小説家仁木悦子についても同じことがいえる。

彼女もまた、記号の世界で同姓同名の女探偵を作り出し（実際の自分は身体障害で一歩も歩くことができないのに）『猫は知っていた』や『林の中の家』では運動選手のように元気に動きまわって犯人を追跡した。言語学者はこうした行為を、記号的代償(symbolic compensation）と呼んでいる。

私は、このような記号の世界への冒険行がどれだけ遠くへ行けるかによって、その作者の自己探求、または自己構築といったことの価値が決まるのではないかと考える。思えばホーマーの『オデッセウス』は、遠大な記号の世界への冒険を果したものである。彼は直径五〇センチにも足りない書斎のテーブルを無量の大洋と見なすことによって、自分をオデッセウスに化けさせたのだ。ラブレーの『ガルガンチュア物語』にしても同じことがいえる。

　母バドベックの腹より生れ出る時、産婆たちが受け取ろうと待ちかまえていると、腹のなかから塩を満載した一頭の騾馬の頭絡を牽っぱった六十八人の騾馬輓きがまっ先に現れ出で、これに続いて燻豚《ハム》やら燻製の牛の舌やらを背に積んだ単峯駱駝が九頭と塩漬鰻を積んだ双峯駱駝が七匹と、それからほろや韮や玉葱や小葱などを積みあげた荷車が二十五輛も出て来たのであり、側に控えていた産婆どもは正にびっくり仰天してしまったのであるこんな大袈裟な生まれ方は、まさに記号の世界に棲むものだけの特権であって、ほんもののラブレーは法学士アントワーヌ・ラブレーの三男一女の末子としてラ・ドヴィニェールの別荘で平凡に生まれたと記されてある。（渡辺一夫教授の推理によると、生まれたのは一四九四年二月三日だそうである。）

私は、「他人の人生を書物の中で生きる」という思想を、実体験と同じに考えようとは思わないが、記号の世界が謎であればあるほど、そこには「べつの体験」の楽しみがあると考えていた。

それはいわば記号的な体験（symbolic experience）であり、叙事詩人と読者との関係の中においてだけ可能になる冒険の世界なのであった。

私は、こうした記号の世界へ踏みこんでゆくことにも「行為の軌跡をたどること」ではなく「行為」そのものの手ごたえを感じるようになった。なぜならそれは「実証不能」の世界であり、詩人に残された数少ない故郷の一つだったからである。

ここより他の場所

変身願望は誰にでもある。

ただ、それが果されることはきわめて稀である。私たちはリチャード・ライトの『失楽の孤独』の主人公のように、突然の交通事故に出あって死んだと思われ、戸籍からも抹消されて家族たちからもあきらめられ、全くの自由になったら何をするべきか？　ということを空想することがある。そうなったら、もし本当にそうなったら素晴らしいだろうか？少なくとも会社に出勤して「代理人」としての仕事に汗を流す必要はない。十年先までひかれたベルトコンベアからも解放される。そこには全くの桎梏はなくて、夢にまで見た「ここより他の場所」のイメージが豊かにひらけているかのように思われる。

現代人の大半は、現在の自分の姿を「世をしのぶ仮の姿」だと思っており、どこか「ここより他の場所」へ行けさえしたら、もう一度生きることをやり直してみたいと思っているのである。

黒田喜夫の「状況の隠された顔」(4)によると一九五五年に就職人口の四〇パーセントを占めていた農業人口が、今では二六パーセント以下に減少しているという。彼ら出稼農民たちは、いつのまにか「ここより他の場所」を探しにいって行方不明になってしまうのである。「父親探し運動」の涙ぐましい主人公たちはどこへ行くのか？　たぶん、都市へ行くのであろう。

だが都市にだって同じようなエピソードの種は尽きない。東京の一流会社の部課長クラスのサラリーマンが、妻のいる「幸福な家庭」を捨てて、ある日突然にいなくなってしまう……といった記事は、もはや新聞には扱われないほどの日常茶飯事になってしまった。

警視庁の調べによると東京だけで年間に五〇〇〇人以上もの「父親失踪」が届出られるそうだが、その大部分は原因不明だといわれている。どこかに本当に「ここより他の場所」は存在するだろうか？

――それについて、私は悲しげなエピソードを聞いたことがある。それは失踪した父親たちが発見されたとき、大半は「失踪以前」と同じ職業について、誰も知らぬ土地で前よりも幾分貧しく暮していたという係官の報告である。東京荒川区でパン屋を開業していた幸福な「父親」は、失踪二年後に発見されたときに秋田市の小さなパン屋で職人をしていたということである。

また、教員をしていたある幸福な「父親」は半年後発見されたときに、大阪天満のアパートの書架に失踪以前と同じ本を買い揃えて並べてあったということである。結局、彼等自身の内部には身についた帰巣性が備わっていて、いくら逃げようと思っていても自分自身の桎梏からは脱却できなかったものなのであろう。

どこへいくか　なんて　知っちゃあ　いねえ
ただもう　こっから　はなれてくんだ

とラングストン・ヒューズは書いたが、いくらはなれてもはなれても「ここより他の場所」に到らない心の焦りは、七十五セントぶんの切符ではどうにもならないのである。

書くことによって飛ぶ

安水稔和が詩のなかで鳥に変身したからといって、それを「逃避」だときめつけるのは当っていないのではなかろうか？　彼は、記号的現実（詩の中の現実）のなかで鳥になった自分のことを

大空に縛られた存在。
動くことを強いられた
被術者。
世界の外から
悪意の手によって投げこまれた
礫だ。

と書いている。それは、ようやく辿りついた「ここよりべつの場所」の出来事ではなくて、むしろふり出しに戻った意味のない人生のプロローグにすぎない。彼はたぶん、鳥ならば……と思ったのであろう。鳥ならばカミュのいうように「生きるのに意味が必要かど

うかを思い迷わずに済み」そうだし、それに鳥ならば「人生の無意味さを知ることで、より一層深く生きられる」[5]と思ったのであろう。

彼は書くことによって飛ぼうとこころみた不幸な詩人である。だが、同時に詩集『鳥』におさめられた代償体験の中の飛行行為は、ことごとく「飛びそこねた詩人」の記録のしたたりであるということもまたできるようである。

曇った空を
飛んでいると
よく知っているつもりの
遠い国のことがわからなくなる。
遠く流れる流木のこともわからなくなる。
乾いた半分と
濡れた半分と
そのどちらの半分も
わからないものになる。
遠い町の生垣のことも。
遠い空のことも。

遠い心のことも。
わからなくなった
あげくのはて
私は曇った鏡のなかに
　飛んでいる。

　これは、書斎で机に向ったまま「行方不明」になろうとしている自分を、必死で抑えつけているもう一人の悲しい彼自身の心象風景である。彼の内部にはまだ認識の領域が錘りのように垂れ下っているため、完全に浮游しえていない。「人生の無意味さを知ることで、より一層深く生きられる」とわかっているのに、まだ「人生の意味」にこだわっているのは、彼が記号の世界の存在に疑いを残しているからだと思われる。

鳥よ。
おまえを落すには
ひとつの石。
それで充分だった。

鳥よ。
おまえを葬るには
ひとにぎりの土。
それで充分だった。

ぼくとて
同じこと。
ぼくを黙らせるには
ひとつの言葉。
あるいは
ひとつの銃声。
それで充分。
ぼくを消すには
ひとつの穴。
あるいは
ひとつの言葉。
それで充分。

鳥よ。
おまえも
それからぼくも
たしか世界のなかの
ひとつの世界だが、
世界から
ひとつの世界を消すことが
実に容易であるとは。

あっけなく落された
おまえと
あっけなく消されるだろう
ぼくとが
土の下で
土の上で
閉じた目

ともすれば閉じようとする目
押し開いて
めくばせしあって
このいいがたく
いまわしい
世界の罠をたしかめよう。

ひとつの言葉で消されてしまう自分の実在というのが「鳥に変身したあと」の記号的存在なのか、あるいはそれ以前の考え惑っている「世をしのぶ仮の姿」なのか私にはわからない。

ただ、そこにまさしく薄目をひらきかけているもう一つの世界があることだけは、確かなようである。その世界への転身を「罠」と感じている作者の用心深い叡知に私は与しないが、ここにはともかく「記号の冒険家」の自己形成の真摯さが感じられる。

記号の報酬

夢の中で隣の奥さんの尻を撫でまわし、目が醒めてからわざわざ出かけて行って「昨夜はどうも、夢の中で大変失礼しました」とあやまるのは、二重の非礼というものである。

記号的な体験の中で怪我をしても、現実の医者では診てくれやしないし、現実の中で落した財布は、記号的な体験の中で拾いかえすことはできないだろう。

だが、記号的体験の中での出来事を現実に持ちかえらせようというトリックなしには、創作の魔術は存在しないのではないだろうか？

（私は冷房のきいた映画館で、勝新太郎が大根でも切るようにバッタバッタと人を斬る「座頭市」シリーズを観たあとの観客のことを考える。

彼らは入ってゆくときには暑さと仕事でくたびれきっているが出て来るときはみな一様に肩をいからせ、薄く目をとじて「人でも斬りかねないような」顔をしているのである。

少なくとも、と私は考える。「少なくとも二、三日は彼らも無気力さを忘れることだろう。」そして、腹が立ったときには見えない刀で二段切りでもしながら、怒るべき現実に立ち向っていくであろう。

――これが記号的体験の報酬というものであり、「もう一つの世界」の効用というものである。）

だが、これはあくまでも「記号的体験を現実へ持ち帰る」ことによってのみ有効なのであって逆はないのである。つまり「現実を記号的体験へ持ちこむ」のでは記号の世界そのものが成立たなくなってしまうのだ。

一年に直径12mも太る
ラワンがある。
それはうそである

ラワンの中に
穴をくりぬいて
おれは住んでいる。
それもうそである

穴から屋上に出ると
一アールの池があって
おれは
いかだの上にねている。

太陽が強く照りつけるものだから
ラワンが
池をおおうように茂り

葉から蒸発する水は
風を呼ぶ。
それもうそである

みんなうそ。
おれは27才独身
本俸二万五千四百七十円
手取り二万一千八百円。

これは新しい詩人北村守の「ラワン」という詩である。読むとなかなか面白いのだが「現実を記号的体験へ持ちこむ」ことによって自分の居場所を見失なってしまっている。「一年に直径12mも太るラワンがある」という彼の発見した現実をすぐに「それはうそである」と否定してしまうのでは、まるで「夢の中の病気を、醒めてから現実の医者に診断させる」ようなものである。

現実の時点に立ってみれば「ラワンの中に穴をくりぬいておれは住んでいる」のがうそであるのは当然のことであり、一々念をおすまでもないことである。私はこの詩について「現代詩手帖」という雑誌に「ラワンの中に穴をくりぬいて住んでいることがほんとうで、27才独身本俸二万五千四百七十円ということがうそであるような認識をもつことこそ詩人の義務だ」と書いたことがあるが、それはあくまでも「現実を見ぬふりをしろ」ということではなくて、「より深い現実を見るべきだ」ということだったのだ。「おれは本俸二万五千四百七十円」などということは形而下的な事実だが、それだけではちっとも真実ではないではないか。

——北村さん、あなたは誰ですか？

——はい、私は本俸二万五千四百七十円

手取り二万一千八百円の男です。

というのではホロにがい感じは出ても、北村守の人間的な全体イメージはとらえられない。少なくともそこには階級はあっても人間はいないからである。

現実主義の功罪

ところで、この批評を書いてから一と月ほどして私は見も知らぬ女性から一通の手紙を受け取った。

彼女は関根洋子という人で、東邦大学の学生であった。彼女は私の批評に不満だったらしく「現実を夢だと考え、夢を現実だと考えるのは古風な文学観です。

どんなにつらい現実でも、やっぱり現実こそは現実、どんなにがんばってもぜったいにうそなんかではありません。二十七才で独身で手取り二万一千八百円の人がなにを空想しようが、やっぱり彼は二十七才で独身で手取り二万一千八百円です。恐ろしい現実です。夢なんかにすべてを託して観念的に自己を解放しようとしても、そんなことにいったい何の価値があるというのでしょう？

現実を虚構だなどと言いたがる良い気な倒錯した感覚を今再び逆転させて正当な位置におき直し、自分自身を規制しているこの現実をあえて直視して生きようとする、このとき初めて現実変革のエネルギーが生まれるのではありませんか」と書いてあった。

なるほど、彼女の論理に従えば「一年に直径12ｍも太るラワンがある」などということは「良い気な倒錯した感覚」ということになるのだろう。（そして、こうした決めつけこそ戦後詩からイマジネーションの権利を奪ってきた現実主義の詩想なのに違いない。）

だが、と私は考える。

北村守は新聞記者ではないのである。外的な事実を「直視」し、それを私たちに示したところでそれが一体何になるのか。月給手取り二万一千八百円という現実は、生活の中で直視していればよいのであって、文学とはその直視のあとの「変革的行為」として存在しているのである。さらにいえば、詩は給料をあげるために存在しているのではない。給料をあげることだけが現実変革だと思っているなら、それこそ「恐ろしい現実主義」というものである。

私は「現実が味気ないからせめて夢でも見よう」などといって、夜間学生が星空を見上げるようなセンチメントをすすめているのではなくて、記号的な現実、形而上的な体験もまた私たちを「変革」するモメントになりうる大きな「現実」だということを知って貰いたかったのである。

われわれの日常を規制しているのは事実ばかりではない。むしろ事実を生み出している権力家の（あるいは自分自身の）迷妄なのである。そのことへのきびしい認識なしにはほんものの詩などは生まれてはこないであろう。

ところで、その北村守が最近詩集『まんじゅしゃげ電車』を出した。そこには「ラワンの夢のかげで涙ぐんでいる現実主義者」はいなくて、記号の世界でのきびしい自己凝視が果されていたので一篇だけ紹介しよう。

指をまげると
骨が
ジャックナイフのように
突き出た。

ピカリッと光ったのち

みるみるツヤは失せ
カッケのような弾力を
帯びてきた。

引っぱると
ゴムのような抵抗を示すが
結局は
とりの羽根のようにぬける。

ぬけたあと
すぐさま
ふにゃふにゃの骨が
生える。

引っぱると
ぬけ
ぬけると

生える。
指をまげると
ジャックナイフのように
骨がとび出し
引っぱると
ぬけ
ぬけると
出ない
出ない！
出なくなった。

5 自分自身の失踪

幻を作る人

記号の中の現実へ入ってゆくのに身分証明は要らない。そこでは私たちはなりたいものに自由に変身できるばかりでなく、欲しいと思うものを手に入れることもできる。

本当の詩人というのは「幻を見る人」ではなくて「幻を作る人」である。私がイメージということばではなく記号ということばを使ったのは、イメージがまだゼリー状の形になる前の心象であるのにくらべて、記号はそれを「とらえた」という証しだからなのだ。

詩人にとって記号は必らずしも文字ではない。ことばであったり沈黙であったりすることもある。だが、それはたしかに詩人を経てとらえられ、表現されたものでなければ「もう一つの現実」とは呼べないものである。

記号的現実の中にはパラダイスもあれば地獄もある。それは時として、よく外的現実に類似していることもある。だが、人は「自分を現わす」ためばかりではなくて、その中に

あふれてきて、やがて「記号経験」というものの不思議さを験すことができるだろう。か、作者の意図とかとは全く無関係に、呪文か阿呆陀羅経でも唱えているような恍惚感にいなくなってしまっていることに気がつく筈である。そして、この詩の意味する世界と(必らず声を出して)。すると最終行まで辿りつかないうちに、外的現実の世界から自分が「恐山《おそれざん》」と題された長谷川龍生の詩である。読者は、この詩を声を出して読まれるといい

記号的現実の世界を訪ねるために、読者に一つのパスポートを貸してあげよう。それは「自分をかくす」ために詩作することもあるのである。

きみの、うしろ側に
ぼんやりした一つの顔が
密告者のように、のぞいたり
かくれたりしている。
きみの輪郭とよく似ているが
どこか、ちがった影がある。
臆病で、うたぐりぶかく
たえず、きみを警戒している一匹の鷲《わし》。
そいつは、ながいあいだ

きみが探しまわっていた他人の顔だ。
きみの、うしろ側の
群集の森の中から
その他人の緊張している顔が
見えている。

他人は、他人の死を飾るため
きみより、一瞬はやく
弦をひきしぼり、矢をはなつ。
他人は、きみの血を凍らすため
ぼくより、一瞬はやく
弾丸をこめ、ものかげでねらう。
きみは、きみ自身のため
他人より、一瞬はやく
武装をとき、静かに策をねるが
そこから敗北のルートが
いつしか、はじまっている。

暑い日ざかりに、さむい黄昏《たそがれ》どきに
きみは、しゃべりながら
抗議をつづけるだろう。
きみは、抗議をつづけながら
おくれをとっている他人を
きみの獲ものとして
ほら穴の中につきおとしていく。
だが、きみも、ほら穴にひきずりこまれる。
そこには無言の褥《しとね》があるだけだ
他人は、他人の空席をつくるのが
ただひとつの残された
勝利へのルート。

＊

きみも、他人も、恐山《おそれざん》！
人っ子ひとりいない

山の上にひろがる火山灰地。
真冬の夜の、おちくぼんだ空に
かすかに散るつめたいしだれ花火。
かよわい渡鳥類が
その山巓《さんてん》にまで
やっと、たどりつき
息たえだえに落下する灰ばんだ湖水。
きみが、英雄であろうとも
他人が、書記長であろうとも
きみも、他人も、恐山《おそれざん》!
癩のように、朽ちはて
ただれ、ふやけた脚をさすり
風てんになった頭脳に光をとぼし
　ああー　ああー　ああー　ああー
　ううー　ううー　ううー　ううー
死人のうめき声が
こがらしに舞いむせび

ひからびた赤ン坊のあばら骨に
火山灰が、しんしんと
降りつもっている。
どすぐろく変色し、しわのふかい
更年期おんなの、くちびるが
だらりと、ゆがみ、たるんで
意味不明の祭文《さいもん》が、きみと、他人の耳に
ひびいてくるだろう。

――われは　くさった　この世の貝よ
われは　血うみの　くされ貝よ
われの　殺した　人のかず
われの　姦した　色呆け男よ
うらみ　うらまれ　色呆けのみち
のろい　のろわれ　人のみち
地獄のぬまぞこに　おぼれいく――
ああー　ああー　ああー　ああー

ううー　ううー　ううー　ううー
きみも、他人も、恐山《おそれざん》！
悲しみも、こごえる、人の世の断崖。
霧のたちこめる怨霊《おんりょう》の空のはて。
さまよう個人主義者の自殺する空《から》井戸。
きみの、その、覆面の下の白い顔。
きみの、その、仮面の裏の汚れた顔。
きみの覆面、きみの仮面を
はぎとり、殺していく
他人の覆面、他人の仮面。
きみも、他人も、恐山《おそれざん》！
きみも、他人ものぼっていく。

＊

きみは時間をはかっている。

きみの時計はおくれている。
きみは、きみを証明するまえに
きみより、一瞬はやく
他人の影が、きみにかさなる。
きみは、きみを前衛の旗とするまえに
きみより、一瞬はやく
古い前衛が、きみの旗をまいていく。

きみは、きみ自身のため
他人より、一瞬はやく
孤立し、孤独の壁をつくるが
そこから敗北のルートが
いつしか、はじまっている。
きみは、沈黙しながら抗議する。
きみは、抗議しながら
同志をうらぎり
きみ自身が、他人になっていく。

他人は、他人の空席をつくるのが
ただひとつの残された
勝利へのルート。

＊

扉をしめきって
掃除夫がひとり立っている。
入口のところで
室内を見わたしている。
いつか、ここで、秘密会議があった。
そのあと、だれも
この室内を掃除していない。
ほこりをかぶった大きな卓子《テーブル》
おもいおもいの方角をむいた肱掛イス。
最終の結論がでたときのままで
うっすらと、よごれている。

そうだ、ここで、秘密会議があった。
A、B、C、Dの肱掛イスが
Eの肱掛イスを、とりかこむように
攻撃したままで、のこっている。
Eのイスは、それを迎撃し
たしかに少しずつ後ずさりしている。
後ずさりしながら、視線で
Fに、かすかに応援の手をもとめている。
Eのイスの、ななめに向かいあった席が
Fのこわれた肱掛イスだ。
Fのイスは、どうしたわけか、こわれている。
EのイスとFのイスとの関係が
そこで、すっかり断ち切れているのだ。
それを、つぶさに、観察できる席に
Gの肱掛イスがのりだしている。
Gの肱掛イスのとなりのHのイスが
Gにサインをおくっている。

卓子《テーブル》のほこりの下に
Hの指紋のついた伝令が、
脂肪をふくんで、のこっている。
GとHは、たしかに観察者なんだ。
他に、IとJの肱掛イスが
無意味に、ぽつんとのこっている。
秘密会議の渦の外がわで
IとJはただの傍観者にすぎないのだ。
かれらの卓子《テーブル》の下には
鼻くそと、鼻毛と、落がきが
時間の経過を示すように
落ちている。
議長席Kの肱掛イスは不動のままだ
副議長席Lの肱掛イスが
こころもち、Kの方に向いている。
議長Kの卓子《テーブル》のまえは、
おびただしい、吸がらの山だ、

かれは、話をあまりよく聞いていない。
ただ、最初から
無意識に落がきをしている。
その紙片が床に落ちている。
その紙片には、「狼」の顔がかいてある。
ぱっくりと、口をあけて
牙をむきだした「狼」の顔が。

扉をしめきって
掃除夫がひとり立っている。
会議室を掃除するまえに
掃除夫が肱掛イスのことばを聞いていた。

＊

きみも、他人も、恐山《おそれざん》！
白い人骨の風化していく砂漠

賽《さい》の河原の小石が、足のうらがわで
こまかく踏みつぶされていく自然淘汰
どうしようもない老人が
その山頂にまでのぼりつめ
他界をしのぶ、きままな冥福。
きみが、指導者であろうとも
他人が、殺人犯であろうとも
きみも、他人も、恐山《おそれざん》!
術数におぼれ、権力をたよりに
風てんになった頭脳に光をとぼし
きみも、他人も、さまよってあるく、
極楽ケ浜— 極楽ケ浜— 極楽ケ浜—
賽の河原に石ひとつ— 石ひとつ—
消された男が、頭で、杭《くい》を打ち
ひふをきりさいて、杭《くい》にまきつけ
はげしい流れに、さからっている。
目のつぶれた、耳のとおい

更年期おんなの、神うつりが
泣きじゃくり、しゃくりあげ
行方不明の暗記力が、きみと、他人の心に
しのびこんでくるだろう。
━仏は、男だべ　女だべ
仏は　政治家だべ　学者だべ
仏の　殺した　人のかず
仏の　姦した　色呆け女よ
にくみ　にくまれ　色呆けのみち
殺し　殺され　人のみち
地獄のぬまに　おぼれいく━
極楽ケ浜━　極楽ケ浜━　極楽ケ浜━
賽の河原に石ひとつ━　石ひとつ━
（後略）

註

1木島始「通勤人群」　2アンドレ・ジイド『地の糧』の中のことば「ナタナエルよ！　書を捨

てよ、町に出よう」 3アレン・ギンズバーグ「咆哮」(古沢安二郎訳)の一部分 4黒田喜夫「状況の隠された顔」(駿台論潮63)所載の評論 5アルベール・カミュ『反抗的人間』

第二章　戦後詩の主題としての幻滅

1　「荒地」の功罪

時代の漂流物

私がはじめて戦後詩と出会ったとき、戦後詩は大分くたびれた顔をしていた。それは一つの時代の漂流物に纏いつかれて身動きできないでいる「弱者」の苦悩を思わせた。「荒地」運動の中に私が見たものは、「いかに生くべきか」という思想ではなくて、「いかに死ぬべきか」というシニシズムの影であった。

戦後詩の出発点は、鮎川信夫の「詩を書くことだけが誠実であり……それを特に悲劇的なものと見做さねばならぬところに、現代意識の特徴がある」[1]という意見に代表されるような一種の悲壮感に支えられていたのである。そして「もし誠実を失うならば、悲劇性をも同時に失うのであり、現代文明の破滅的な危機に直面して知識人に課せられた厳粛な使命を擲つことになる」というほどの重い責任感が支配していた。

彼等にとっては、何を書くかということなどよりも、まず「沈黙してはならない」ということの方が先決だったのだ。

死のなかにいると
僕等は数でしかなかった
臭いであり
場所ふさぎであった
死はどこにでもいた
死があちこちにいるなかで
僕等は水を飲み
カアドをめくり
襟の汚れたシャツを着て
笑い声を立てたりしていた
死は異様なお客ではなく
仲のよい友人のように
無遠慮に食堂や寝室にやって来た
床には
ときに

喰べ散らした魚の骨の散っていることがあった
月の夜に
馬酔木の花の匂いのすることもあった

戦争が終ったとき
パパイアの木の上には
白い小さい雲が浮いていた
戦いに負けた人間であるという点で
僕等はお互いを軽蔑しきっていた
それでも
戦いに負けた人間であるという点で
僕等はちょっぴりお互いを哀れんでいた
酔漢やペテン師
百姓や錠前屋
偽善者や銀行員
大喰いや楽天家
いたわりあったり

いがみあったりして
僕等は故国へ送り返される運命をともにした
引揚船が着いたところで
僕等は
めいめいに切り放された運命を
帽子のようにかるがると振って別れた
あいつはペテン師
あいつは百姓
あいつは銀行員
一年はどのようにたったであろうか
そして
二年
ひとりは
昔の仲間を欺いて金を儲けたあげく
酔っぱらって

運河に落ちて
死んだ
ひとりは
乏しいサラリイで妻子を養いながら
五年前の他愛もない傷がもとで
死にかかっている
ひとりは

その
ひとりである僕は
東京の町に生きていて
電車の吊皮にぶら下っている
すべての吊皮に
僕の知らない男や女がぶら下っている
僕のお袋である元大佐夫人は
故郷で
栄養失調で死にかかっていて

死をなだめすかすためには
僕の二九二〇円では
どうにも足りぬのである
死　死　死
死は金のかかる出来事である
僕の知らない男や女が吊皮にぶら下っているなかで
僕も吊皮にぶら下り
魚の骨の散っている床や
馬酔木の花の匂いのする夜を思い出すのである
そして
さらに不機嫌になって吊皮にぶら下っているのを
だれも知りはしないのである

これは黒田三郎の「死のなかに」という詩である。この詩について鮎川信夫は「現代的正統性を持っている」と書き、「僕等の詩は幻滅的な現代の風景を愛撫する」と書いた。

私がはじめて、この詩を読んだのは新制中学の一年生のときである。「ひとりは　昔の仲間を欺いて金を儲けたあげく　酔っぱらって　運河に落ちて　死んだ　ひとりは　乏しいサラリイで妻子を養いながら　五年前の他愛もない傷がもとで　死にかかっている　ひとりは」という部分を繰り返し読みながら、私はいいようのない親しさと侮蔑とを感じたのを覚えている。

それは復員時代の友人を頼っていっては安酒で愚痴をこぼす、お人好しのお父さん、といった印象であった。

二九二〇円というサラリーが足りないということをいわれても、中学生の私にはどうしてあげることもできない。できないのだが、こんな手紙を貰ってしまったからには、何とかしなきゃなあ、という感じなのだった。

当時の新聞は、学生社長山崎晃嗣《あきつぐ》がヤミ金融に失敗して自殺した事件を報じている。ジャーナリズムは彼のことを「アプレ学生」の思い上りと書いたが、私は「戦いに負けた人間であるという点で、お互いを軽蔑し、哀れんでいる黒田三郎の世代」に対して、山崎晃嗣が「何とかしてやろう」とした主体的な息子の時代の代表者なのではないかと思った。

人生は劇場である、といっていた息子の時代の代表者は結局、二九二〇円のサラリーマンたちを本質的に「救済」することができずに死んだが、遺書に一首の短歌を残した。

望みつつ心安けし散るもみじ理知の命のしるしありけり

疑似悲劇

私は長い間、鮎川信夫の「僕等の詩は幻滅的な現代の風景を愛撫する」ということばにこだわっていた。なぜ、愛撫などするのだろう。自分もまた、幻滅の中にまきこまれている一客体にすぎないことに醒めようとはしないのだろうか、と思ったからである。私にはこの時代が、決して避けられない必然の下に暗い様相を帯びているとは思えなかった。悲劇的ではあったが、悲劇そのものではなかった。だから「ニーチェの時代には悲劇的なものを求めることが英雄的であったのに対し、すでに悲劇的なものが予め与えられている現代では、幸福を求める行為以外に、ニーチェの説いた感情の高い密度を保証するものはない(2)」とさえ思ったのである。

私は疑似悲劇的な多くの詩人に、なじみがたいものを感じた。それは、魅力的ではあったが、どこか冷たかった。

おろん　おろんと
たれが　夕べの鐘をならす
はつ　それはボクであります

すみません　ぐちに似たぼくの祈りでありまする
風もないのに電線が鳴つております
ああ　あれは　小さな寐棺をてんでにかつぎ
キューピット達が高圧線のそばを昇つてゆくのでせう
ボクのコドモ　死にました
ゆるして下さい
とつても　とつても　びんぼうなので
青い風船につめ　お空にそつと放つたのです
おろ　おろと
夜更けに鐘をならすのは
ボクであります
ボクであります
ぐちに似た涙の音でありまする

これは山本太郎の「祈りの唄」である。山本太郎は「いつか　つかれ　ゆるされて　眠の列に加はらう」(3)とも書いている。

だが、こうした露出的な死の時代の讃歌は、他人に「話しかける」ことは勿論、自分を変えるということさえできなかった。私はここに「幻滅的な現代の風景」の一つの要素としての「自分を愛撫している」詩人を感じたのである。ここにはあきらかにリゴリスティックなものが欠けていた。

そして、詩にえがかれている幻滅の風景が美しければ美しいほど、ほんもののニヒリズムから遠ざかってゆくように思われたのだ。

この詩を繰り返し繰り返し読んでいると、私には作者がとても「運のわるい男」のように思われてきた。

「運のわるい人」というのはいやだな、と私は思った。この「運のわるさ」を、時代的な背景との交錯点でのみとらえようとする考え方はなおさら承服しがたい。

なぜなら、詩のテーマとしての「運のわるさ」というのは、時代との折合いがうまくつかないということよりも、自分自身との折合いがうまくつかないということだからである。山本太郎が「いつか　つかれ　ゆるされて　眠の列に加はらう」と決心するのは、彼の唯心的な世界への回帰である。それは到着ではあるが、出発ではない。

だが心は帰る場所ではなくて、出てゆく土地だったのではなかったろうか？

あばらよりも
したよりも
あしよりも
みみよりも愉快な
自殺の唄

シケイダイのエレベエタア
シテイアイのバロメエタア

距離とは
きれいなぼくらの玩具
犬たちをたくさん集め
自分を殺めることを仕込み
そのうち三匹でも
ものになりゃ愉快だな

みみよりも
獣は、きらい
玩具をもたないから
酔っぱらうちちとしか
触れあうことが出来ない少女

ロシアから愛をこめて
露地からどぶをこえて

拡声機みたいに
還って来ないぼくらの声
チューインガムみたいに
くっつきあうぼくらの踵

ネオンがちとちちのように
街をこぼれつづけ
一匹が一匹の額を硬く咬み

咬まれた奴が
咬んだやつの額を咬み砕き
ともえになって腐れてゆく
血を抑えている指は
愉快でたしかなもの
ちちいろの膜のなかで
孤独の大男が
のみみたいに
地平との距離を探していた
みみよりも
あいよりも愉快な
自殺の唄

ここには、より深い頽廃がある。しかも頽廃しているのは作品のモティーフではなくて、作者自身の内部世界である。

私は、この詩と山本太郎の詩との間に横たわっている十五年の歳月といったものについて考える。後者は一九六五年代のもっとも新しい詩人のひとりである福島和昭の「みみよりも愉快な自殺の唄」という詩だが、このシニシズムもまた時代と函数関係にあるというべきなのだろうか？

私がこの詩に感じるのは、作者の「貧弱な肉体」ということである。（これはスポーツによって改善されるかも知れない、怠惰な胃弱者の思想のようなものである。）

私は決して精神の高い梢だけを見上げて、背後の空を見落すべきだとは思わないが、せめて心に間貸しする位のスペースを持って詩を書きはじめるべきだったと考えるのである。これらの疑似悲劇の系列の作品には、社会との関わりあいの感覚、べつの言葉でいえば「愛」がすっぽりと欠落しているのである。

ここには「自己の存在を盲目的に束縛するというよりももっとおそろしい危険——深く愛し愛されることによって他人の存在を左右する立場に立つ(4)」という自分の運命がいささかも感じられないではないか。

「いかに死ぬべきか」という思想は、結局「荒地」運動の出発時以来不毛だったのであり、この「幻滅的な現代の風景を愛撫する」という姿勢が、現代詩を弱者の文学に追いやってしまったのだと私は考えるのである。

2　私は地理が好きだった

反歴史の理想

私は少年時代から、歴史の授業がきらいであった。

それは何時でも「過ぎ去った日」について語るか「たぶん、やってくると思われる日」について耳をすますだけで、現在進行中のものではなかったからである。勿論、歴史の先生は、過去を現在から引剝がして語ろうとしているのではなかった。

それは常に「現在形だったもの」について語っているのであり、いまなお生きつづけて私の上に影を落しているものについて語っているのだった。先生は、その影の深さから現在を推理することで歴史の授業にアクチュアリティを持たせようとした。過去と現在とは、十円銅貨の裏表のようにぴったりと密着して、その両方によって全体をなしている……ということに間違いはなかった。

「ほら、見てごらん」と先生はいったものだ。

「私は手に一本の鵝鳥の羽毛を持っている。これを手から机の上に落す。落ちた。ほんの一瞬の間の出来事だ。だが、早くも『手の上の鵝鳥ペン』というものは存在しなくなってしまった。

いいかね？　過去というのは存在ではなくて事件なのだ。」

先生の口調は、なかなか魅力的であった。かつて非合法共産党員だったという先生は「歴史が、現在を生みだす母体」であることを説いては、放課後のストーブをかこんで私たちと語りあったものだった。

「先生、ぼくは歴史は嫌いだな。」

と私はいった。「地理の方が好きだ。世界はすべて地理的存在だって考えたい。国家として考えるよりも土地として考えることの方がはるかに新鮮だし、それに人間的なような気がするもの。」

「しかし」と先生はいった。「歴史のない土地なんてありゃしないんだよ。行こうと思ってもどこへでも行けるってわけじゃあない。

歩いて数分の隣町までだって行けないこともある。その理由について地理は何を教えてくれるだろうか？」

先生は、いつでも部厚いノートを持っていた。私たちは、それを「灰色のノート」と呼んでいた。先生は授業中には「灰色のノート」を開くことはなかったが、放課後にはそれをテキスト代りに用いていた。いまから思えば先生は決して「政治」の虜になっていたのではなくて、むしろ自分を裏切った「政治」に対する恨みつらみを生きることのエネルギーにしていたようだ。

「先生」と私は聞いた。

「勉強のための勉強が空しいように、歴史のための歴史への奉仕もまた、ニヒリズムへいたるのではありませんか？」

先生は私のために「灰色のノート」を貸してくれた。そこにはこんな引用がしてあった。

「歴史しか信じない者は恐怖へすすみ、歴史を信じない者は恐怖を容認する。そこには二種類の無効果性、すなわち禁欲の無効果性と破壊による無効果性があり、二種類の無力さ、すなわち善の無力さと悪の無力さがある。歴史を否定することは現実を否定することであり、歴史をそれだけで自足した完全なものと考えることは現実から遠ざかることだ(5)」

善の無力

その先生は、私が中学を転学して間もなく自殺したそうである。凶器は草刈り鎌だったそうだ。

だが、私は先生の死について同情的ではなかった。私は先生の死のなかに「善の無力さ」を見たように思った。いい先生だったが生きるにはあまりにも貞潔すぎたのだ。高校へ入ってからも、私は依然として「歴史嫌いの地理ファン」であった。私は楠木正成も聖徳太子も、プレハーノフもレーニンも、皆きらいであった。

なぜなら彼ら「歴史上の人物」は皆、死んでしまって逢うことのできない人ばかりであった。私は「地理」について考えた。それは「直接の生」の代名詞のように思われた。

それは駅で売っている旅行案内のように、人生を（または私自身の思想をも）案内してくれる学問のように思われた。私はグローブと二、三十冊の野球雑誌を売って一つの地球儀を買った。

それは丁度、私の心臓大の地球儀であった。

　ほかのひとの心臓は胸にあるだろうが
　おれの体じゃ、どこもかしこも心臓ばかり。
　いたるところで汽笛を鳴らす。

私は地球儀の台に、マヤコフスキーのこの詩を刻みこんだ。この頃から、詩に興味を持ちはじめていたのである。

だが、私が読むかぎり同時代を生きる日本人の詩は、つねに「歴史」しか信じようとしない「善の無力さ」の詩ばかりであった。

遠い酷薄な時代
高価な名誉の代償に
彼はひとかかえの果実をかかげて行った
半生かけて刈りとった知恵の実は
褐色に干からびていて小さかった

という寓意ではじまる牟礼慶子の詩は、高い評価で迎えられていたが

私の明日にも
無数の傷痕を定着させる優しい墓地はあるだろうか
私の住む町のそれは続きにあるだろうか
雨が町で二重に滲んでみえる日は
くだり坂の道が特に鮮明に私の前を通って行く
その暗黒よりずっと明るい雨の中からまた
誰かが「あなた明日はいい日ですよ」と肩をたたくのだ

と結ばれるところで、私を閉め出してしまった。「私の明日にも……あるだろうか」という客体的な、あなたまかせの歴史主義はたぶん何も手に入れることなどできはしないだろう。それは歴史という飼主に手なずけられている幸福な「飼犬の思想」を思わせる。

ネープルの樹の下にたたずんでいると
白い花々が烈しく匂い
獅子座の首星が大きくまたたいた
つめたい若者のように呼応して
地と天のふしぎな意志の交歓を見た！
たばしる戦慄の美しさ！
のけ者にされた少女は防空頭巾を
かぶっていた　隣村のサイレンが
まだ鳴つていた

あれほど深い妬みはそののちも訪れない
対話の習性はあの夜幕を切つた。

これは茨木のり子の詩だ。私は、ここに歴史に官能さえ感じている一人の女を感じる。私は彼女が空襲によってはじめて知らされた「意志の交歓」のすばらしさを、やがては人間との交際のなかで果すであろうことを疑わない。

しかし、彼女は書いている。

わたしが一番きれいだったとき
わたしの国は戦争で負けた
そんな馬鹿なことってあるものか
ブラウスの腕をまくり卑屈な町をのし歩いた

私は、自分にとって自分自身はつねに絶対的な存在であり、相対的な存在ではありえないと考える。昨日の自分は、いわば影だ。昨日の自分は痛くもなければ快感も感じない。それは決して今日の自分とは比較できないものなのではないだろうか？

私は世阿弥の「時分の花」(6)の思想に反対である。人は誰でも、現在的な存在である。それは「時分の花」なのではなくて「まことの花」なのである。他人との比較はべつだが「わたしが一番きれい」だと感じるのは、いつだって現在なのだ。

行く思想

歴史がきらいだということは、一口にいって「帰るのがきらいだ」ということなのであった。

私たちは、どこにも帰れる筈がない。「中世に、原始的な精神状態に、大地に、宗教に、こりかたまった解決策に」帰るのは、無意味な企らみである。どんなにロバート・シエイクレイやブラッドベリーがタイム・マシーンの工夫に頭をなやましても、過去は最早「失なわれた祖国」でしかないのだ。

私は手でさわれない過去の事象を証拠物件にして現在を推理しようとする歴史主義者たちを信用しない。「行く」という行為は在りうるが「帰る」という行為はありえないのだ。回帰するやつは、みんなくたばれ。

私は映画館の楽屋裏に部屋を借り、映写技師たちと一緒に寝泊りしながら高校へ通うようになった。暗い楽屋裏は、塀をへだてて海岸通りの酒場街につながっていた。私はそこで、あの真木不二夫の「東京へ行こうよ」のレコードを聞いたものだ。

東京へ行こうよ　東京へ
思うだけでは　きりがない
行けば行ったで　何とかなるさ
未練心も　故郷《ふるさと》も
捨てて行こうよ　夜汽車で行こう

平川浪竜作曲の甘美なメロディーが裏の酒場から流れだすと、私はいてもたってもいられなくなった。この歌は私の「地理」的心情に実にぴったりしていたのである。

ところで、こうした「地理」的な心情に対してあくまでも一所定住して、時の試練に耐えようとする「歴史」型の詩人は少なくなかった。彼等は昼は「ふるさとを創る」ために汗して働き、夜は映画館で小林旭の「渡り鳥」シリーズのスクリーンに大きな足のうらを向けて高いびきをかいたものだ。

中でも谷川雁の「東京へゆくな」は、きびしく真木不二夫の「東京へ行こうよ」と対立した。

ふるさとの悪霊どもの歯ぐきから

おれはみつけた　水仙いろした泥の都
波のようにやさしく奇怪な発音で
馬車を売ろう　杉を買おう　革命はこわい

なきはらすきこりの娘は
岩のピアノにむかい
新しい国のうたを立ちのぼらせよ

つまずき　こみあげる鉄道のはて
ほしよりもしずかな草刈場で
虚無のからすを追いはらえ

あさはこわれやすいがらすだから
東京へゆくな　ふるさとを創れ

おれたちのしりをひやす苔の客間に
船乗り　百姓　旋盤工　坑夫をまねけ

かぞえきれぬ恥辱　ひとつの眼つき
それこそ羊歯でかくされたこの世の首府
駈けてゆくひずめの内側なのだ

この詩は私にとって、そんなに魅力的ではない。第一、晦渋である。比喩のしたたりで原稿用紙が曇ってしまって肉声が見えない。そして何よりも、故郷を作るということが、この詩と同様にレトリックなしでは成立たないかもしれないことを示すような詠嘆につらぬかれている。

ここに見られるのは、やはり「善の無力さ」といったことでしかないのではなかろうか？

実感の形而上学

「ぼくたちのうちで、いちばん信念のあるものは、恐怖、インポーテンス、愚劣、自己愛、無感動について何年も書きつづけてきた(7)」とノーマン・メイラーは書いている。

こうした実感主義は、私にとって如何にも地理的であるように思われる。一体、地理的思想、「行く」思想とは何であるのか、ただ原点を移行するための方便とどうちがうのかということについてつけ加えておくことにしよう。それは——たとえばキャッチボールの形而上学といったことに喩えられる。

一個のゴム（あるいは皮装）のボールがAからBに投げられる。夕暮の倉庫のある路上での自転車修理工とタクシーの老運転手がキャッチボールする場合を考えてみよう。修理工がボールを投げると老運転手が胸の高さで受けとめる。

ボールが互いのグローブの中でバシッと音を立てるたびに、二人は確実な何かを（相手に）渡してやった気分になる。

その確実な何かが何であるかは、私にもわからない。だが、どんな素晴らしい会話でも、これほど凝縮したかたい手ごたえを味わうことはできなかったであろう。ボールが、老運転手の手をはなれてから修理工のグローブにとどくまでの「一瞬の長い旅路」こそ、地理主義の理想である。手をはなれたボールが夕焼の空に弧をえがき、二人の不安な視線のなかをとんでゆくのを見るのは、実に人間的な伝達の比喩である。

終戦後、私たちがお互いの信頼を恢復したのは（どんな歴史書や政治家の配慮でもなくて）、実にこのキャッチボールのおかげであった。キャッチボールと性の解放が、焦土の日本人に地理的救済のメソードを与えることになったのだ。「地理」主義とは配布図の問題ではなくて、いかにしてそれを渉るかという思想の問題である。それは、人間を決してマッスではとらえない、相互コミュニケーションの中で、実感を復権させることになるのだ。

性もまた同じように、反歴史的なコミュニケーションの一方法である。私はヘンリー・ミラーの描写の中に探険家が地理を渉るイメージを思いうかべる。それは、限りなく「行く」ことである。

老ヘンリーの、この地理的レトリックを見ると、それが苦しいまでに、よく書きつくされている。「全身ことごとく石綿でつくられたローラは、口いっぱいガムをほおばりながら、火刑地へ歩いてゆく。すてきだったわ、という言葉が彼女の唇から洩れる。海の貝の厚くつぼんだ唇。ローラの唇。うしなわれた恋の唇。

すべてが斜めに降りかかってくる霧のなかを、影に向って流れてゆく。海の貝の唇からかすかに洩れる最後のつぶやきは、ラブラドア海岸を越えて、泥の湖とともに東へ流れ出し、速度のゆるやかな流れのなかを星へ向って走る。堕落女ローラ、ペトラルカ派の最後の人ローラは、次第に眠りの淵に落ちてゆく。灰色ではないが、色情の欠けた世界、かりそめの純潔を夢みる軽やかな竹の眠り。

そして、この放心の谷間の暗い狂躁的な恋の夢は、死による生命との甘美な訣別という少女的な空想にすぎない浅薄な絶望とは異なった、ある飽和的な幻滅感を、あとに残す。

生命は、この恍惚境のてっぺんから、ふたたび散文的な摩天楼の天頂へのぼり、荒漠として空虚な歓喜にひたる私の髪と歯をつかんで、私をひきずりあげようとする。そして未来の死の蛆の胎児は、私が糜爛し腐敗するのを待ちながら、うごめいているのである。[8]」

神田神保町

さて、しめくくりに地理的な詩の中でも特に地理的で（地名を題にしている！）私の好きな浪曲風の詩を一つ掲げよう。

岩田宏の「神田神保町」である。

神保町の
交差点の北五百メートル
五十二段の階段を
二十五才の失業者が
思い出の重みにひかれて
ゆるゆる降りて行く
風はタバコの火の粉をとばし
いちどきにオーバーの襟を焼く
風や恋の思い出に目がくらみ
手をひろげて失業者はつぶやく

ここ　九段まで見えるこの石段で
魔法を待ちわび　魔法はこわれた
あのひとはこなごなにころげおち
街いっぱいに散らばつたかけらを調べに
おれは降りて行く

神保町の
事務所の二階の
曇りガラスのなかで
四十五才の社長が
五十四才の高利貸と
せわしなく話している
電話がしぶきを上げるたびに
番茶はいっそう水くさくなり
ふたりはたがいに腹をさぐつて
茶よりも黄色い胃液を飲みほす
やがてどちらも辟易したとき

平気をよそおい社長がささやく
教えて下さい　クビ切りの秘訣を
苦労しますよ　組合の輌にゃ
国へ帰つて栗でも喰いたい
あこぎなあきない　などと答える高利貸
あんたが飽きたらあたしもあがつたり
あきらめるならあつさり足を洗つて
あしたまた当てるさ

神保町の
横町の昼やすみ
二十人の従業員が
二つしかないラケットで
バドミントンをやつている
羽根はとんびのように飛びあがり
みんな腕組みして目玉だけ動かす
とんびも知らない雲だらけの空から

ボーナスみたいにすくない陽の光が
ぼろぼろこぼれてふりかかる
縄でくくった本の束の
背よりも高い山のかげから
草そつくりの少女がすりぬけてくる
ほそい指でまぶしい光をはじきとばし
ふらつとわらつてハンケチを洗う
アルミニユームの箱のなかの
しろいおこめとくろいつくだに

神保町の
ラジオがどなる
つまり夫を殺しつつ
おつとり妻を叩きつつ……

神保町の
交差点のたそがれに

頸までおぼれて
二十五才の若い失業者の
目がおもむろに見えなくなる
やさしい人はおしなべてうつむき
信じる人は魔法使のさびしい目つき
おれはこの街をこわしたいと思い
こわれたのはあのひとの心だった
あのひとのからだを抱きしめて
この街を抱きしめたつもりだった
五十二カ月昔なら
あのひとは聖橋から一ツ橋まで
巨大なからだを横たえていたのに
頭のうしろで茶色のレコードが廻りだす
あんなにのろく
あんなに涙声
知ってる　ありゃあ死んだ女の声だ
ふりむけば

誰も見えやしねえんだ

3　おはようの思想化

話しかける

有楽町駅のベンチに腰をかけたひとりの老人が、胸に一枚の札をぶらさげている。それにはこう書いてある。「誰か、私に話しかけて下さい。」老人は物欲しそうに通行人の方をちらちらと見る。たまに誰かと視線があうと、にっこりと媚笑する。だが、誰もこの老人には話しかけない。

本屋の店先には『話のタネになる本』とか『こうすれば人に好かれる』とかいった本が並んでいる。それらの本は実によく売れるのだが、孤独な都会人は一向に減る様子もみられない。皆、話相手を求めているくせに自分からは決して話しかけないのである。

新聞記事によるとソビエットの養老院でも「誰も私に話しかけてくれない」という遺書を残して死ぬ老人がいるそうだ。福祉国家でも余剰生命の内面的な充足となると頭が痛い問題なのであろうか。

ある日、近所の女の子がいった。「うちのおじいちゃんたら、毎日葉書を書くのよ。それで、その葉書を毎日駅の向うの郵便局まで出しにゆくの。」「へえ」と私は女の子の祖父の顔を思いだしながらいった。「そんなに毎日、誰に出すんだね？」

女の子はあっさり教えてくれた。

「自分によ。」

「自分に？」

「そうなの。自分で自分に葉書を出して、それが配達されると、また返事を書くの。それを毎日毎日くり返すことで、さびしいのと暇なのとをまぎらわしているのよ。」

私はこのエピソードのなかに、新しい地獄を見る思いがした。そこには何故か慄然とさせられるものがあった。頽廃というにはあまりにも静かすぎる、いわば狂気の世界であった。「誰か私に話しかけて下さい」「誰か私に話しかけて下さい」「誰か私に話しかけて下さい」――誰も話しかけてくれないなら、仕方がないから自分で自分に話しかけることにするさ。

夜の空地にあるのは構造のねじれた一本の樹です

ふさふさとたれた細い葉が白いのはそれがみんな枯れているからだ
風が吹くいや吹くのは風の中の老人であるばかりです
ひっそりとのびてくるたばこのような匂いそれは
行きつくしたぼくの情念の死と同じものであるのでしょうか

誰もいないこの空地に入ってくるのはぼくの女です
樹の根元にしゃがみます尿をします
そしてそのひとりの仕草のなかにもはや
ぼくの女はいないのです
なにもないほんとになにもないこの夜のわずかな空地
風景、ねむり、夢、夜、また風景、ねむり、夢、夜、また……

それはつまりぼくが予言のように先廻りしているぼく自身の自由に轢かれるということなのか
いゝえそれは知りません
しかしぼくが乾いた咽喉を癒すためにフラスコの夜明けのような水をのんでる間に
一切が終ってしまっているかも知れないのです

このさびしい詩を書いたのは鎌田喜八である。彼もまた「自分自身に話しかける」ことで自己救済をはかろうとする詩人である。だが「ぼくが乾いた咽喉を癒すためにフラスコの夜明けのような水をのんでる間に　一切が終ってしまっているかも知れない」という不安は一体何を意味しているのだろうか？

鎌田喜八は私と同じ青森人であった。私が（中学生だった頃）訪ねてゆくと、彼は階段の上の薄暗い小さな間借り部屋にひっそりと棲んでいた。それは生活しているというよりはむしろ「かくれている」という感じなのだった。

彼は話すときに低い声で話した。そして（自分だけの部屋なのに）ときどき自分の背後をふりかえったり、猫が台所を通る音におどろいたりした。私は「歴程」同人として、早くから中央の詩壇に名を知られていた彼に畏敬の念を持っていたので「ああ、孤独だということは詩人にとって重要な身分証明になるんだな」と思ったものである。だが、それは何と弱々しく見えたことであろう。

私ははじめて鎌田喜八に逢った日の日記にこう書いている。「私の町に棲むたった一人のほんものの文学者鎌田喜八――彼は偉大なる小人物であった。」

わたしは恐い　わたしの身がこのような仕方で熟れるのが

熟れながら飢えねばならぬのが
止むことなく　何故こうわたしは産む
死なす　くさらす
眼も口も耳も己れの吐いた部厚いかさぶたで塞ぐ　それでいて
わたし自身は移せないめくらの物持ちでなければならぬ

鎌田喜八を訪ねてゆくことは、私にとってたのしいことではあった。それは誰もが子供時代に経験する見世物小屋めぐりのように、私の内部に強烈な印象を灼きつけた。私は「今様　ラザラス　生き埋めになる男　正に奇蹟　とくとじかに御覧あれ　大人25セント子供10セント」とか「口から火を吐く男　恐怖の肺活量」「かわいそうなのはこの子でござい　親が二十才で子が八つ」とかいった怪奇なショウのように彼の話術や詩的イリュージョンを楽しんだ。彼を訪ねた夜はほとんど眠れない夜が多かったものだ。

「ルイセンコの遺伝学の本によるとね」と、(魔術のできなくなった)魔術男はひくい声でいった。「自分の食物によって、孫の人格を自由に作り変えることができるそうだよ。」

私はびっくりした。「じゃあ、ぼくのこの性格も感情も、ぼくの祖父母の企らみだったというわけですか?」

「当時はまだ、意識的ではなかったと思うがね。

しかし、これからはそれを意識的に楽しむことができるんだ。」

――私は鎌田喜八の呪いにみちたようなそのいい方にショックをうけた。「自分の食物によって他人の人格を自由に作り変えられる」というのは何という神の悪意だろう。だが、それは他人の「自我」をまでも左右できるものなのだろうか？

私はその夜寝てから、町じゅうの老人たちがふいに起き出し、台所で人目をしのんで豆を食いはじめる夢を見た。豆を食う次の時代の創造主たち、そして一〇〇年後に生まれてくるのはおそるべき豆の飽食の犠牲者たちだ。ああ、豆的人間！ 豆的社会！ 豆的宇宙！

いまから思えば鎌田喜八は病気を目ざして人格形成していたのである。だが「病気」を書くのにも体力は必要なのだ。少なくとも丈夫な体を持たなくては病芸術の創造はむずかしい。そのために鎌田喜八は、いつまでも病芸術の大家になれずマイナーポエットとして「かくれていた」のだと考える。

彼は「領土」という長詩の中で「あれでござんす あれが手前の辱 唯一の飼い殺しでござんす」と書いている。自分自身をみずからの辱として生きなければならなかった詩人は、やがて不幸な社会の生贄になるだろう。だが、はじめから客体的存在として、被害者の道をもとめつづけた鎌田喜八にとって、それは当然の報酬というものなのかもしれない。彼はいま、晩い結婚をして奥さんと二人上京し、病気の詩を書きつづけている。たぶんもう、「唯一の飼い殺し」などとは書かないだろう。

だが体力はすっかり恢復しただろうか？華麗なニヒリズムをささえるに耐えるほど、肉体の方は充実しただろうか？

私は悪い夢を見るたび、彼を思い出す。

私は彼が好きだったのである。

朝の思想

戦後詩は、夜を主題にしたものが実に多い。それは田村隆一の詩のように「地上にはわれわれの国がない　地上にはわれわれの生に価する国がない」と思われていたからかどうかは知らないが、一口にいって有効な思想だと思われてきたようである。

電柱には「どもり対人赤面恐怖は治る」というポスターが貼られてある。そして空を仰ぐとそこは「われわれの時代の漂流物でいっぱい」(9)である。みんなコミュニケーションにくたびれて、一人で安らかに眠ることを考えている。「おやすみの思想」が詩の主潮をなしはじめる。だが、それは何という空しいことだろう。

おやすみは、コミュニケーションの終りの挨拶である。ここからは何もはじまらない。少なくとも対話としての詩の可能性は望むべくもないのである。

だから、私は「おやすみ」ではなくて「おはよう」ということを考える。くたびれて

「幻滅の風景を愛撫し」つづけてきた長い灰色の夜を終らせるのは、この「おはよう」の思想化ということである。

「おはよう」は主体的だ。「おはよう」はこっちから話しかけるための出だしのファンファーレである。それは話しかけられるのではなくて話しかけるためにある。私の考えでは「弱者の文学」でしかなかった戦後の詩に、最初の「おはよう」を持ちこんだのは谷川俊太郎である。

ノォト
まずしい僕の進行形
しかし着々と行進する

これは十八歳の谷川俊太郎の自己紹介である。彼の処女詩集『二十億光年の孤独』は、私にとって、ひどく親しい友人からの手紙を思わせたものだ。

からまつの変らない実直と
しらかばの若い思想と
浅間の美しいわがままと

そしてそれらすべての歌の中を
僕の感傷が跳ねてゆく
（その時突然の驟雨だ）

なつかしい道は遠く牧場から雲へ続き
積乱雲は世界を内蔵している
（変らないものはなかつた　そして
変つてしまつたものもなかつた）

去つてしまつたシルエットにも
駈けてくる幼い友だちにも
遠い山の背景がある

堆積と褶曲の圧力のためだろうか
いつか時間は静かに空間と重なつてしまい
僕は今新しい次元を海のように俯瞰している
（また輝き出した太陽に

僕はしたしい挨拶をした）

この「山荘だより」と題された詩には、さわやかな、おはようがまき散らされている。ただ、したしい挨拶の対象はまだ人間ではなくて世界である。彼にむかって薄目をひらきかけている世界がそこに誕生したのだ。

私は「いかに生くべきか」の詩が、はじめて「いかに死ぬべきか」にとって変るべき時がきたことを感じた。谷川俊太郎は、戦後詩史の上では人であるよりも前に事件だったといえるだろう。

私は彼のなかに強い詩人を見出す。それはあらゆる権力によらず、経済的な背景も集団の後押しも必要としない、きわめて不安定な「個人」の強さなのであった。

ある日僕は思つた
僕に持ち上げられないものなんてあるだろうか
次の日僕は思つた
僕に持ち上げられるものなんてあるだろうか

暮れやすい日日を僕は
傾斜して歩んでいる

これらの親しい日日が
つぎつぎ後へ駈け去るのを
いぶかしいようなおそれの気持でみつめながら

註

1鮎川信夫『現代詩とは何か』　2P・V・D・ボッシュ『われら不条理の子』　3山本太郎『深夜の合唱』「歩行者の祈りの唄」。彼はこの詩集の後記で「僕の詩は、忍耐の記録でありたいと希った」と書いている　4メルロオ・ポンティ『知覚の現象学』　5アルベール・カミュ『反抗的人間』6世阿弥は『花伝書』の中で「稚児の舞は、まことの花にあらず、時分の花にてあるなり」と書いている　7ノーマン・メイラー『ぼく自身のための広告』　8ヘンリー・ミラー *Tropic of Capricorn* の中の一節　9田村隆一『幻を見る人』「四千の日と夜」

第三章　詩壇における帰巣集団の構造

1　読みたいの、読まれたいの

相互慰藉

今日、詩の雑誌の読者の大部分は詩人である。

短歌雑誌を買うのは短歌を趣味とする実作者であり、俳句雑誌に金を払うのは俳句を作るものばかりだ。雑誌には彼等自身の作品が載っているときもあれば、載っていないときもある。載っていないときの彼等は、読者か批評家に早替りして、一人二役を巧妙にやってのけるのである。

これは子供の頃にやった「鬼ごっこ」に似ている。

――あたしたちは最後まで一緒にいるんだ、そうでしょう。つまりここには誰かが一人欠けているのよ。

鬼が。(1)

そこで彼等は交代で鬼になって「他人」の役をつとめることによって、孤独からまぬがれているのである。

勿論、こうした小さいメディアが小説のような厖大なメディアにくらべて無意味だとは思われない。輻輳《ふくそう》した現代社会では「純粋読者」などというものの規定がますます曖昧になり、小説家もまた「代理人」の一人として社会に奉仕しているだけかもしれないからである。

しかし、詩歌壇における結社誌とか同人誌とかの発行の意義は、もはや一つのメディアでむすばれた作者と読者の関係などではなくて「相互慰藉」ということに絞られてしまっているようである。それは新興宗教の団体よりも、もっと味気ない感傷の福祉団体なのだ。

彼等は「みすぼらしい人生」を報告しあう。そして報告を芸術であるかのように誤解することによって、辛うじて生甲斐という免罪符を受け取っている。彼等には「救済」へのはげしい願望もなければ、「変革」のための身をよじるような苦悩もないのである。

彼等にとって、打ちあけあう心は出発点ではなくて「巣」である。なぐさめの藁と、あきらめの泥によってかためられた心の巣にはいつでもお互同志を迎え入れる準備ができている。それはいかなる世界へ向っても、決してひらくことのない、ほとんど絶望的なディスコミュニケーションの牢獄である。「結社」の中でも代表的なものの一つである短歌の

「アララギ」をひらくと次のような作品に出くわす。

ダンスもし麻雀将棋囲碁するにやはりわれには短歌が似合う

この歌の作者にとって短歌は麻雀、将棋と同じ「あそび」なのか？　たぶん、そうではないだろう。

私はダンスや麻雀までも、人とつきあうためにマスターしようとし、結局誰とも理解しあえぬまま短歌の世界（独白の世界）に帰巣してくる孤独なサラリーマンを思いうかべる。そうでもなければ「やはり」などと強調する筈がないからである。『話のタネになる本』『人とつきあう法』などがベストセラーになればなるほどコミュニケーションの外へはみだしてゆく独白者たちがふえてゆく。そして彼等は、「やはり」「やはり」といいながら仲間同志の結社の中で狭義の自己規定をしてゆくのである。

禿頭に苦しみ事務に苦しむに今月もまた「アララギ」に落つ

やがて彼等にとって、「アララギ」入選だけが生甲斐になりはじめる。そして「禿頭」や「事務能力」によって疎外された分を、「アララギ」の仲間同志の場で恢復することを、自身の実像の確認だと思いこむようになるのである。『今月もまた「アララギ」に落つ』という歌が、「アララギ」に入選している事実を笑ってはならない。

ここでは、なぐさめだけが唯一の身分証明なのだから。

結社の形態

ここで、結社「アララギ」の規程を紹介してみよう。
一、アララギに短歌を寄稿する者はアララギ会員であることを要する。
一、規定の会費を送金すればすぐ会員になることが出来る。
一、会員には毎月雑誌アララギを送付する。
一、会費は一箇月二百三十円の割で六箇月以上を前納せられたい。従って昭和四十年度後期会費（自七月至十二月）は千三百八十円とする。
一、前納会費が翌月で切れることが分っている時或いは一部不足を生ずる場合は「前金キレ」の印を、又該当月から会費が切れるか或いは一部不足を生ずる場合は「キレ」印を、発送封筒に押捺して通知に代える。
一、既納の会費は一切返戻しない。
一、新入会者は送金の際必ず「新入会」と書き添え、住所氏名は明瞭に記すこと。誌上発表の場合は筆名でもよいが、事務上の通信には必ず本名を記されたい。

一、住所を変更した際はすみやかにその旨連絡せられたい。
一、会員は発行所開催の諸会合に出席することが出来る。
一、送稿は勿論、入会、寄贈、其他アララギ一切の用件は必ず発行所宛のこと。

この規程は、きわめて現代的である。一読して気づくことは、半分以上が「会費」に関するものだということと、いかなる文学理念の持主であっても「送金すればすぐ」会員になれる、ということである。

ここでは、実業化された結社といったものの合理主義だけが目立っている。「同好の士女は、五十銭以上一円以内の寄付を添ふる義務を負ふ」と書いた「明星」や「根岸短歌会」の理想とは、ほど遠いものである。

「古語に謂へり、余力を以て文を学ぶと。人おのおの業あり。その余暇を拾ふて文学を談じ美術を評す。楽しからずとせんや、爰《ここ》に国詩研究に志あつき諸人相識して、東京新詩社を結べる所以、実にその他ならず。(2)」

東京新詩社の規程は、こんな詠嘆的な文章ではじまる。そして一しきり、主幹与謝野鉄幹を讃える文章があり、ようやく出稿についての説明に入るのである。

私は「明星」の来る者拒まず、去る者を追わずの精神主義が、戦後の「アララギ」の会費納入なきは退会とみなす合理主義を上まわるものだとは思わない。しかし、最新号の「アララギ」（昭40・8）に発表されている作品を見ていると、「お金のある人はいい養老院に入れるけど、お金のない人は愚痴を語りあう相手にも不自由するって時代ですよ」と私に語った山谷ホームの老人のことばを思い出してしまうのだ。

脳軟化は七十こえて来むといふ七十ちかく吾もなりたり　寺沢亮

初めての義歯をはめし妻の声聞きなれて過ぐこの二三日　佐々木義諏

病む母の我ままにもよく堪へみとり下さる嫁のふみ子さんよただ有難し　長田豊子

老いしのみいづこに住むか思ふさへ寂しきことありひとりとなりて　武田山亀

駅前の食堂にすし食みしこと祖父母にもらすなと妻は子に言ふ　北原潔

会費を払って毎月、こうした生甲斐を交換しあう歌人たちのことを思うと、なぜか心にしみるものがある。たぶん、どんな時世にあっても「つまらない人生」などというものは存在しないであろう。

だが「つまらない人生」は存在しなくても「つまらない詩」は存在する。この二つのあいだには、きわめて重大な違いがあるのである。「結社」誌が「アララギ」に限らず(短歌誌だけでも四〇〇誌、詩歌俳句全体では一〇〇〇誌以上も)あるという現実は、社会的にはきわめて多くの問題を投げかけるが、文学的には何一つ意義を持っていない。

にもかかわらず、今日の世代が短歌を愛誦しなくなったのは、大部分はこうした「制度」の問題である。

「結社」の彼等が、定型詩としての短歌を相互慰藉のためのメディアとすることによってメモリアリズム一辺倒に追いこみ、そこに生活を持ちこんできたかに見せながら、実は生活さえも放棄させてしまったという現実があるからである。私が考え惑わさせられるのは、こうした「老人ホーム」の逃避的仮託をあばくことが詩の問題としてまことに有効なのかどうかということなのだ。

同人誌の形態

リトルマガジンと呼ばれる一〇〇〇誌近い種類の同人雑誌を、結社誌と同等に論ずることはできない。

少なくとも、この方が主体的であり、しかも（小人数であることによって）運動体的性格を持っているからである。

しかも、ここには結社誌に見られるような階級（ヒエラルキー）の問題はない。主宰者と同人と会員、選者と投稿者といった主従関係などもない。一応同人費さえ払えば、それぞれに対等に扱われることになっているのである。

したがって、戦後詩人の大部分は同人雑誌を拠点にして出発した。それは「戦後詩史は同人誌の歴史だった」ということもできるほど明らかなことである。「荒地」（鮎川信夫、田村隆一、北村太郎）「列島」（関根弘、木島始、黒田喜夫）「櫂」（谷川俊太郎、中江俊夫、茨木のり子）「獏」（嶋岡晨）「氾」（堀川正美、山田正弘）「鰐」（大岡信、岩田宏、吉岡実、飯島耕一）。

だが、私は華々しかった同人誌群像をかえりみながら、ふと考えこむ。

それは一体、本当に「運動」だったのだろうか？　共通の理念によって結ばれ、一つの方向へ集団の力で感化的反応を験そうとした結果だったのだろうか？　もしかしたら、単なる経済的な事情による「合宿」だったのではないだろうか？

「自由とパンとを同時に獲得しようとする時、行為は汚され、精神は傷つく、これが人間の現実である。多数の労働的人間から、一介の美的生活者に至るまで、躓く石は同じである。言葉は肉体と喰い違い、肉体は言葉を置き去りにする。生と形式はどこまでももつれ、そうして、もし精神が弾力を失うならば、生命はより容易な形式へ、より近い性質の世界へと下降してゆく。」

これは「荒地」グループの発足にあたって集団の責任に於て発表された巻頭宣言「Xへの献辞」の一部分である。一読してわかることは、このマニフェストが美文であるにもかかわらず（否、美文だからこそ）、集合するための動機については何一つ触れていないということである。文章の中には、しばしば「僕等」ということばが出てくるが、それはあくまでも便宜的なものであって、「僕」に置換えても文章が成立たないものではない。むしろ「僕」とした方が「肉体が言葉を置き去りにする」ことの苛立ちを一般化せずに済む明確な文章になるのではなかろうか？

そのためかどうか、「献辞」はしめくくりの文章で「親愛なるX……。僕は君に向って語っているつもりであったが、いつか自分自身と話し込んでしまったらしい。しかし僕が手短かに僕等の荒地について語ったことは大体了解してくれたことだろう。僕等の詩はさらに多くのことを語っているだろう。詩自身が語るのではなく、君がそれを感じとるのである。荒地の季節を、風土を、環境を、そして荒地の思想と感情の一切を……。[(3)]」と、僕と僕等の使い分けを行なっているのである。

週刊誌の読者欄をめくると、よく「ルームメートを募る」という写真入りの広告が出ている。二人だと、部屋代が半分で済むからである。「猫の好きな方」とか「同趣味の方」とかいった注文のつくこともある。

人が同人雑誌の仲間を求める心理を、「二人だと安くなります」の方便だけに裏打ちされているのではないかと思うのは、私の邪推だろうか？　勿論「二人だと安くなる」というのは、自分の詩を活字にする場合の印刷費だけを指しているのではない。外部に「鬼」を探さなくとも、仲間同志が交代で「鬼」になり、読者と作者の「鬼ごっこ」あそびが安直にできるということである。「相互慰戯」とまではいかなくとも、小さな隣組の住人同志として、見張りあうことでコミュニケーションを閉鎖的に完成させてゆこうとするのはおそろしいことだ。

そこではしだいに技法の相似化と共に、他人がいなくなってゆく。そして後記は形而下的なニュースでいっぱいになり、「××さん、赤ちゃん誕生」「××さん、××支社に転勤」「××さん、犬を飼いはじめた」といった幸福号が刊行されるようになるのである。

私は幸福な同人雑誌を見るたびに「誰のために書くべきか」というひどく素朴な疑問にゆきあたる。それがもしも「自己救済」のためであったり、ほんのささやかな同志（感傷共同体）のためであったりするなら、なぜ印刷までして多くのひとに配るのだろうか？　自分のアパートの屋根を修理したり、隣人の奥さんと（必要以上に）懇ろになったからといって、それを「公表」する必要があるものだろうか？　私は「同人雑誌における他人の問題」ということは、極めて重要な主題であると考える。

比喩的にいえば、われわれは「現代」という無人島に棲んでいる。それはわれわれがそうすることを「選んで」そうなったのである。そこで、われわれは、ここにもひとり生きている人間がいることを大洋の彼方に報告する義務がある。それは、より快適な生き方をすすめる音信であってもよいし、救済を求める訴えでもよい。いずれにせよ音信は、壜の中の手紙として無人島の一番高い場所から海へ向って投げこまれる。だが、それが無事に人たちの心の寄港地まで漂着できるかどうかはわからないのだ。

コミュニケーションには、本来そうした空しさがつきまとうものである。詩人は無人島のロビンソンである限り、「書く」ことによってしか他の人々への報告が果せない――（または果せないと信じこまれている）。だが、同人雑誌の多くは、現在も無人島の中でのみの伝達に憂身をやつしているのではないだろうか。

（個人雑誌というのもある。もっとも若い詩人のひとりである米村敏人の「夏帽子」をはじめほんの十数誌ほどある。それはまったくロビンソンの壜の中の手紙のようになつかしい。）

しかし、大抵の場合、無人島には最初から何人かの仲間がいる。それは「選ばれた」すばらしい難破者ばかりである。だから、彼らは「集団」で無人島の外へ大洋の彼方へ音信しようとする限り、それぞれが役割りをもたなければならないのだ。

だが、どの同人雑誌にもそうした分担の企らみなどは見られない。形而上的な機能分割などはいささかも感じられないのである。かつてリトルマガジンの城にこもった誰か一人でも、「一人専心に働きながら、しかも、遠い大きな一環のなかに参加してゐるやうな一種の好奇に似た感情」(4)をいだいたことがあったろうか？　自分の詩が、他の同人の詩とどのようにひびきあって雑誌の効果を高めているかと考えたことがあったろうか？

たぶん、なかったであろう。あったのはアンデパンダン展の意識、ルームメートの思想だけだった筈である。

お二人だと安くなります。(5)

2　今夜限り世界が――?

「凶区」の場合

私は本来、文学「運動」というもののあり方に疑問を持っていた。「運動」はポリティークの領土で行なわれるのがいいのであって、反運動体としての文学は集団運動の河の急流に立ちつくす一本の杭のようなものだと思っていたからである。だが、だからといって同人誌が無用だと思っていたわけではない。

それはあくまでも集団としてのテーマを持っているかぎり、一人の詩人に匹敵して(それ以上の効果上の機能を備えた)ダビデのごとき巨人だと考えていたのである。しかし、多くの場合、同人雑誌は個の確認の場としてのみ、利用されつづけてきた。それは「孤独」の土地へ飛ぶためのパスポートであり、自分がひとりであることをきびしく悟るための予備群衆なのであった。

だからルームメートは誰でもよかったのかもしれない。

×月×日　渡辺、大岡信に天沢の病気を報告。凶区はユニコンが満員でふられてアポニを発見。ホットドッグとミルク一〇〇円にカンゲキ。そのあと出て来たコブ茶のサービスに感泣。
×月×日　とうとうアメリカ原子力潜水艦シードラゴン佐世保へ入港。
×月×日　渡辺「ウェストサイドストーリー」を観る。
×月×日　野沢、藤田と下北沢で会い、北海道行きを引きとめムード。あとから来た彦坂と3時間話す。
×月×日　藤田、北海道へ出発。なお謎のある旅！
×月×日　米軍機北ベトナム領内の村落を爆撃。
×月×日　〈この日山本宛ハガキによる天沢退院の報、公表さる〉
×月×日　南ベトナムで三人の高僧政府に対して抗議ハンストに入る。
×月×日　高野アメヨコにて神秘的シカケの4色ボールペン発見！　狂喜して買う。
×月×日　国鉄金田巨人入り決定。日本の推計人口は9719万人と総理府発表。
凶区の読者はなぜ増えぬ。
これは同人誌「凶区」に毎号四、五頁（おお、四、五頁も！）のスペースをとって公表される「凶区日録」の一部抜萃である。

（「凶区」は、私と同年代の詩人たちによる、のびのびとしたリトルマガジンで、詩のほかに作家論や映画のベストテン、ノンセクションのベストテンまでも載せている。いわば書斎派六本木族の機関誌といった感じのタイプ印刷誌である。）

ところで、この後記を読むと高野民雄がこう書いている。

「国電の中で『凶区』を読んでいた人がいて、いったいどこを読んでいるのかと覗いてみたら、〈日録〉のページだったそうだ。『凶区』のわずかな読者（もしかしたら、意外にスゴク読まれているのかもしれないな。あゝ）の切れ切れな伝聞をつないでみると、ヒヤカシ七分ぐらいにしろ、〈日録〉は、もっとも興味を持って読まれるページとなっているらしい。

これはウレシイことだ。ぼくらは日録に非常な偏愛を持っている。ぼくはといえば、ぼくらの持ちえたすべての日付を持ち、時刻を刻まれた関係の記録を釘付けにしたいとさえ思う。

しかし、日録は日録として、ごらんのとおり、それはぼくらと現実の斥力の釣合う面での上澄みみたいなものとして止まるだろう。いわば精神的なヴァン・アレン帯……[(6)]」

三十歳近い詩人によって書かれたこの後記の（少年なみの）無邪気さについては何もいうまい。「ぼくらの持ちえたすべての日付を持ち、時刻を刻まれた関係の記録を釘付けにする」という文章も、どんな意味なのかはよくわからないが、想像するに高野民雄は生活そのものよりも、生活の記録の方に「偏愛」を持っているコレクターであるということなのだろう。

ただ、私が気にかかることはこの〈日録〉が誰のために公表されるかということと、集団の日記というものが本当に可能なのかということである。

日録の目的

はじめに「誰のために」ということから考えてみよう。

「渡辺『ウェストサイドストーリー』を観る」とか「高野アメヨコにて神秘的シカケの4色ボールペン発見」ということが、高野の嬉しがっているほど「読者に興味を持って読まれる」事件なのだろうか？

それは次第にプライバシーの犯されつつある都市生活のなかで「他人の生活を覗き見てわが身とひきくらべ、その相対的な安定ムードにほっと一安心」といった程度にしか読まれていないのではないだろうか？

それとも、読者というのは「凶区」のメンバーの友人ばかりで、近況報告の葉書でも読むような気安さで「興味」を持っているのであろうか？

私は、ここにはチェスタートンの推理小説などよりも、はるかに多くの謎がひそんでいるような気がする。たしかに、ここに書きとめられている事実はたのしそうだ。だがたのしそうな事実、弘田三枝子の唄をきいて幸福になったというような事実は彼等自身のものであって、読者とわかちあえる種類のものではないのである。こんなことを「記録」している暇があったら、そのあいだに御贔屓《ごひいき》裕次郎のレコードの一枚でも聞く方がよっぽどましだと思うのは、私ばかりであるまい。

〈日録〉は、一つの資料だという考え方もある。彼等が自分たち戦後世代を客体化し、一九六五年代の現実の激流に投げこみ、その臨床実験記録として〈日録〉を提出してみせているのだとしたら（それはいかにも皮相的だが）わからないこともない。だが、それならばこれはあまりにも「自分たちを大げさに考えすぎた」企画というものである。ここでは、詩人たちの青春記をベトナム戦争の次元まで高めることをせずに、ベトナム戦争を彼らのユニコンとアポニの次元まで引摺りおろしている。

ベトナムと「ミルクつきホットドッグ一〇〇円」との対照の妙も、要するにアイデアにすぎないのである。だから、この〈日録〉にはうんざりするほど事実が氾濫しているが、真実の方は少しも問題にされていないのだ。

彼らは、生きることは「自分のために」やっている。だが、この〈日録〉にみられるようなメモは「誰のために」公表しているのだろうか？　ヒューマンドキュメント「ここに生きる」の詩壇版というわけだろうか？　私には、この才気あふれた〈日録〉が彼らのナルチシズム以外の何によって長々と連載されているのかわからない。自分たちの美しい日々の忘備のためなら、それを「読ませる」のはわがままというものであり、自分たちの生活ぶりを見て楽しんでくれと誇示しているならば内容が凡庸である。

集団記述

しかし、もっと重大なことはこの〈日録〉が集団の動向を伝えようとしているということである。それはあくまでも個人的ではありえない。渡辺武信が「ウェストサイドストーリー」を観たということは、アメリカ原子力潜水艦シードラゴン号の入港や、藤田治が北海道へ旅行するということとのコレスポンダンスにおいてのみ意味を持っているのであって、渡辺の体験である以上に、「凶区」の体験であるらしいということだ。

私は、この同人の動向とニュースとのモンタージュが、各同人の内的生活とどのような深いところでつながりあっているのかはわからない。しかし、こんなに多くの詩人が一つの集団の中でそれぞれの立場を持っていながら、ケンカの記録が一つもないということに疑問を持つのである。対立をはらまない集団の記録なんて、信じられるものだろうか？（最近、彼等の同世代の男女の「交換日記」が出版されて話題になり、日活で映画化された。その青い林檎のような気恥かしい「交換日記」を私も読んだが、それはお互いに相手の目で自分を見、つねに二人単位であることの恍惚と不安にみちた「交換日記」であった。）

だが「凶区」には、同人グループであるための必然的な葛藤は何一つとして見あたらない。彼等の報告していることはすべて「終ったこと」にすぎないくせに、「何が終ったのか」「ほんとは何が終るべきだったか」については言及されていないのだ。

おっほ！　海をわたる花婿
これもまた恥の兄貴によく似た男！
血まみれになって私は
行列の背後に跳ね橋を揚げる

〈鏡にうつっているのはあたしかしら？〉

この陽気な詩は「凶区」の天沢退二郎の「呪婚の魔」の一節だが、いかにも彼ら自身のための「自己紹介」にふさわしい。「血まみれになって行列の背後に跳ね橋を揚げ」、さて、しみじみとつれあいを眺めたら、それは「鏡にうつっている自分」だったというわけである。

私が、この〈日録〉にこだわるのは、ここに戦後同人誌活動の一つの典型を見る思いがするからである。ここには「映画を観た」「本を読んだ」「万年筆を買った」という事柄はあるが、「怒った」「笑った」「泣いた」という感情の記録はない。なぜなら、事柄は連帯できるが、感情や欲望は連帯できがたいからである。

私は、このできがたい感情の連帯、欲望の公約数といった広場へふみこもうとしている〈日録〉ならば、そこにこそ同人誌の本当の意味を認めるだろう。だが、それぞれが各自の性的問題にも（政治的関心の方向の差にも）踏みこまず、不可侵のドアをへだてて夏休みの宿題の日記帳を書いているのでは、いかにも「慰戯」の域を出ないと考える。もっとマジメに自分の事件を持ち寄り、ミルクつきホットドッグ一〇〇円や「座頭市二段切り」の間に、自慰やエゴイスティックな個人的感情のことなどまで報告しなければ、こうした〈日録〉の意味はないのではなかろうか？

同じ夢

ブラッドベリーに「今夜限り世界が」という短篇がある。

平凡な家庭の夫が「今夜限り世界がなくなってしまう」という夢をみるのである。そのことを妻に話すと、妻も「そっくり同じ夢をみた」ということがわかる。「ただなんとなく、たとえば読みさしの本をとじるように世界が終りになる」という夢である。

それどころか「今日、街でも奥さん連中がお喋りしていたわ。みんな同じ夢を見たんですって。わたしは偶然の一致だと思ったんだけど」ということまでわかる。そして、その「今夜」になると夫と妻は二人でひんやりしたベッドのなかに、手を握りあい、頭を寄せ合い、横たわって「おやすみ」といいあうのである。この小説では二重の恐怖について語られている。一つは、世界が「読みさしの本をとじるように終る」という恐怖、いま一つは「みんなが同じ夢をみる」という恐怖である。みんながべつべつの町に住みながら同じ夢をみる。そして同じ夢をみることによって一緒に亡んでいってしまう。それは何というブラッドベリーの皮肉であろう！　私は決して他人と同じ夢をみることができないという人体科学の中で、辛うじて疎外からまぬがれている自分を感じるのである。

だから「凶区」のようなよくまとまった同人誌を見ていると、ふと「今夜限り世界が」という幻聴をきく思いをすることがある。それとも、詩が個人的な文学だった時代はもう終ってしまったのだろうか？

3　詩人の公生活

私生活

詩人に「公生活」があるのかどうかが問題である。彼等の大部分は詩を実業としてはいず、他に職業を持っているからである。「詩」は虚業である。現代ではヒットソングの作詞家を除くと、詩で食べられる詩人は一〇人もいないだろう。彼等の名刺を見ると、高校教師とか電気会社販売促進課とか工業新聞記者とかいった肩書が刷りこまれている。

だが私は未だかつて「詩人」という肩書をつけた名刺を貰った記憶はない。

私は、ふと「詩人」というのは形容詞なのではないだろうか、と考えることもある。岡田茉莉子は「美人」である。というような意味で、彼は「詩人」である――というわけだ。あの女は俺の「恋人」だ、と同じように使う場合もある。「あたしたちのグループでは誰さんが一番、詩人だわ。」

たしかに、詩人というのは職業ではない。職業というよりは、むしろ性格に近いものだ。そして、いまのところそれは社会人としての「公生活」と、夫や父としての「私生活」の他に、その両者の間のたそがれのように「詩人としての生活」が存在しているように思われる。

他人の時間を小作する者が
おのれに帰ろうとする
時刻だ。

他人の時間を耕す者が
おのれの時間の耕し方について
考えようとする
時刻だ。

荒れはてたおのれを
思い出す
時刻だ。

臍《ほぞ》を噛む
時刻だ。

他人の時間を耕す者が
おのれの時間を耕さねばならぬと
心に思う
時刻だ。

そうして
納屋の隅の
光の失せた鍬を
思い出す
時刻だ。

これは吉野弘の「たそがれ」という詩である。「他人の時間を耕す者がおのれに帰る」というのは、サラリーマン生活をしている詩人が「公生活」から解放されるという意味なのであろう。だが、「公生活」がなぜ他人の時間を耕すことなのか？ それが私にはわかりにくい問題である。

鮎川信夫はこの詩について「科学と産業組織のたえざる衝撃の下に生活する時代」の働く者のたそがれが「正確に」えがかれたと書いている。しかし、「おのれに帰る」ということが、単に「会社での就業時間が終る」ことだとしたら、何という虚しいことだろう。

一人の区役所へ勤めている詩人が、私にこういったことがある。

「一日二十四時間のうち、八時間は寝ています。あとの八時間は会社に身体をあずけてるようなもんだ。そして家へ帰れば女房や子供のサービスに、二、三時間は奪られる。すると私が詩人として――つまり本来の自分に帰って机に向うことができるのは、なんと二十四時間のうちの二、三時間のもんですなあ。」

私は思わず吹き出してしまった。私から見れば、彼の会社での生活も妻との生活も、彼が自分で「選んだ」ものなのであり、その全体的なパーソナリティによって、詩人格が完成しているのである。帰ろうとすれば「いつでも自分に帰れる」から詩人なのであって、それができないような「他人の時間を耕す生活」なら放棄してしまえばいいではないか。

詩人として活動

彼らは、詩人としての「公生活」を持つことは好まない。たそがれにだけ詩を書けば足ると思っているのかもしれない。だが、そのくせ「原水爆禁止署名運動」とか「ベトナム問題平和解決デモ」の場合には、サラリーマンや記者としてではなくて「詩人」として活動しはじめる。こうした運動を通してのみ、自らの詩人格を社会化しようとするのは私には奇異な感じがする。それは、詩そのものをではなくて、「詩人であること」を役立てようとするたくらみである。

だが詩人としての社会生活を、たそがれだけではなく真昼にも賭けようとしない限り、この「運動」詩人は本当の市民運動のエネルギー源などにはなりえないであろう。詩人はくらま天狗ではないのである。「原水爆禁止署名運動」の中に忽然とあらわれて手助けし、またたそがれの群衆の中に去ってゆく……というわけにはいかない。もし、自らの主張を何らかのかたちで「社会化」しようとするならば、それはまず詩を通してするべきなのだ。

隣人

だが、それは決して「社会的」に有効な詩を書くべきだということではない。

たとえば

　もつと強く願つていいのだ
わたしたちは明石の鯛がたべたいと

もつと強く願つていいのだ
わたしたちは幾種類ものジヤムが
いつも食卓にあるようにと

もっと強く願つていいのだ
わたしたちは朝日の射すあかるい台所が
ほしいと

すりきれた靴はあつさりとすて
キユッと鳴る新しい靴の感触を
もつとしばしば味いたいと

秋　旅に出たひとがあれば
ウインクで送つてやればいいのだ

なぜだろう

萎縮することが生活なのだと
おもいこんでしまつた村と町
家々のひさしは上目づかいのまぶた

おーい　小さな時計屋さん
猫脊をのばし　あなたは叫んでいいのだ
今年もついに土用の鰻と会わなかつたと

おーい　小さな釣道具屋さん
あなたは叫んでいいのだ
俺はまだ伊勢の海もみていないと

女がほしければ奪うのもいいのだ
男がほしければ奪うのもいいのだ

ああ　わたしたちが
もつともつと貪婪にならないかぎり

なにごとも始りはしないのだ。

という茨木のり子の詩について考えてみる。この詩はたしかに「発言」している。そしてその高いひびきには人の心をとらえる何かがある。だが、この詩には「書くことが体験になって作者を変えてゆく」ような、彼女独自のパーソナリティが感じられないような気がするのである。一口にいって、この詩はあらかじめ確認された心構えをことばにしたものである。「書きながら考える」という頼りなさがなさすぎる。

だが、決定論に身をまかせた詩は、ほんとうに個性的だといえるだろうか？　私はこの詩があまりにも社会的に有効すぎて、かえって自らのアリバイを失くしてしまっているのではないかと考えるのだ。

黒田三郎は「庶民と言うのは、単に受動的に、単に与えられたものに忍従してゆくものか。そうとは思えない。茨木のり子の『もっと強く』は、そういう僕を激しく鼓舞するものを持っている。それはひとりの隣人のことばである」と、この詩を評価している。たしかにこの詩は「美しい隣人のことば」ではある。だが、隣人というのは終には他人である。作者自身にとっても「隣人のことば」になってしまっているこの「もっと強く」という決定論は、詩と呼ぶにはあまりにも無私の正道を歩みすぎているのではないだろうか。

自分のことば

詩人が詩を通して社会的存在になるべきだというのは、運動以外のときにも、詩人としての「自分の場所」を持つべきだということである。それは社会に奉仕することによって社会的ポジションを獲得せよということではなくて、むしろ自分自身に帰り、詩人らしく生きることによって「公生活」を復権させよ、ということなのである。

ロカビリー歌手が喉をひき裂いて自らの情欲を訴え、小売商人がエゴイズムをもって豚肉を量るように——詩人は詩をもって自分の場所を拓き、その位置を確実なものにすることによってはじめて運動の原点を獲得できるのである。（勿論、この場合の運動というのはあくまで政治《ポリティーク》の領域のそれであって、私は芸術運動というものは信じない。）

アジテーションは「隣人のことば」でもよいが詩はあくまでも「自分のことば」でなければならないのである。それは勿論、読者さえも、その詩人の内部の土地へふみこんだときから「自分のことば」として、詩を「体験」できるものである必要がある。

私は、詩人が自分の場所をとりもどすためには、たそがれのヒューマニズムよりも真昼のエゴイズムの方がはるかに必要なのではないかと考える。

エゴイズムもまた、きわめて重要な人間復権の動機なのである。「こんにち社会を支えるには、われわれはエゴイズムほど効果的な手段を知りません。

われわれは大難破の運命に向って進んでいるのですが、この難破からわれわれを救ってくれるような偉大な男は、国家を再建するためには、きっと個人主義を利用することでしょう……。[7]」

註

1J・P・サルトル『出口なし』の台詞　2「明星」創刊号に与謝野鉄幹が書いた会則　3『荒地詩集』（Xへの献辞——鮎川信夫が書いたと思われる。）　4中井正一『美と集団の論理』　5ロマンスシートの割引きのためのキャッチフレーズ　6「凶区」編集後記、高野民雄　7バルザック『田舎医者』医師ベナシスのことば——プレハーノフは『歴史に於ける個人の役割』の中で否定的に引用しているのだが、私は詩人たちの「善の無力さ」に向けて、むしろ真正直に引用したものである。

第四章　飢えて死ぬ子と詩を書く親と

1　人生処方詩集

詩の用法

エーリッヒ・ケストナーに『抒情的人生処方詩集』というのがある。本のカヴァーには「あなたの心の痛みをいやす最新療法をごぞんじですか」という魅力的な惹句が書いてある。

私はこの詩集を十七歳のときに買った。十七歳のときは、いわば私のアスピリン・エイジだったのである。大学受験のための英単語の暗記と詩作、読書とのジレンマに追いつめられて不眠症に陥っていた私にとって、この詩集はすぐに親しいものになった。『人生処方詩集』、正確には『ドクトル・エーリッヒ・ケストナーの抒情的家庭薬局』*Dr. Erich Kaestners lyrische Hausapotheke* ——は、目次のページをひらくと詩の題の代りに、病状のための索引がついていた。薬の「用法」というわけだ。

たとえば「自信がぐらついた場合」の薬剤、それは七五ページを見よ、とある。そこで早速七五ページをひらく。

往ってしまいたい　さりとて隠れる場所もない
自分を葬る以外に途はない
どっちを見ても　黒い斑点が浮かんでくる
ひとは死にたくなる　さもなくば休暇がほしくなる
もう直きこの憂鬱が消えることはわかっている
来るたびにいつも消えた
下りたと思うと　こんどは上るのだ
霊魂がまた扱い易くなる

一人はうなずいて言う「それが人生だ」と
もう一人は頭を揺すぶって泣く
世界は円い　それにくらべるとおれたちはスラリとしている
そんなことが慰めになるか？　そんな意味ではないのだ

こんな詩を読んで慰さむることができるような悩みなど、本当は病気というほどのものではあるまい。大体、生きることに自信を失ないかけている者に「世界は円い　それにくらべるとおれたちはスラリとしている」という薬剤の処方をするドクトル・ケストナーはひどい食わせものなのではないだろうか？

そう思いながらも、私はこの下手糞な詩のアンソロジーを手放そうとはしなかった。そして「同時代の人間に腹が立ったら」とか「金が少ししかなかったら」とか「母親を思い出したら」とかいった病状別に、どの詩もほとんど暗記してしまい、同級生たちに処方してやるまでになったものだ。

「頭痛のする者はピラミドンを服用する。胃のもたれる者は重曹を飲む。咽の痛いときはオキシフールでうがいをする。家庭薬局と称せられる戸棚の中には、人間の助けになるために、その他バルドリアン、絆創膏、コレラ滴薬、硼酸軟膏、ハッカ、繃帯、ヨードチンキや昇汞水《しょうこうすい》が、警報のあり次第いつなんどきでも必要に応じられるように、保存されている。しかしいくら丸薬でも効を奏さぬ場合がしばしばある。

なぜなら貸間住いのやるせない淋しさに苦しむ者や、寒い、湿っぽい、灰白色の秋の夜に悩む者は何を飲んだらいいのか？　いても立ってもいられない嫉妬に襲われた者は、どんな処方によったらいいのか？　世の中が厭になった者は何でうがいしたらいいのか？　結婚生活に破綻を生じた者にとって、微温《なまぬる》い罨法《あんぽう》が何の役に立つか？　電気蒲団をどうしたらいいというのか？

淋しさとか、失望とか、そういう心の悩みをやわらげるにはほかの薬剤が必要である。そのうちの二三を挙げるなら、ユーモア、憤怒、無関心、皮肉、瞑想、それから誇張だ。これらは解毒剤である。ところで、どんな医者がそれを処方してくれるだろう？　どんな薬剤師がそれを瓶に入れてくれるか？

この本はプライベートな生活の治療に捧げられたものである。大部分は類似治療の処方によって大小さまざまの生活障碍に備えたものである。これは精神薬学にあたるものであり、当然『家庭薬局』とよばれるべきものである。（類似治療について、言って置かなければならないことは、手榴弾をもって大ざっぱに的《まと》を狙うよりも、一本の矢をもって黒星を射あてる方が一層有効だ、ということである。）

さらば、服用したまえ！」[1]

これは同書の巻頭にかかげられたドクトル・エーリッヒ・ケストナー自らの手になる「使用法のためのただし書き」、よくいう薬の効能書というやつである。

私はこれを読んで、ケストナーのユーモアを感じる。これは詩の機能に関するさまざまの論義に対するケストナーの皮肉というものであろう。

詩は本来的には「役に立つ」ものではないということをケストナーは知っていながら、「類似治療」などということばを使っているのだ。だから、どの薬剤（詩）を取り出しても、そこに書いてあるのは治療を目的としたものではなくて、むしろケストナー自身の感傷と撞着にあふれたものである。つまりこれらの詩はケストナー自身の内的な体験記録にすぎないのであって（すすんで「役立てよう」としないかぎりは、）読者自身の生活障碍を取り除いてくれるというものではないのだ。

もういちど　十六歳になって
そのあとで起こったことを　全部すっかり忘れてみたい
もういちど　珍しい花を　押花にしたり
（背が伸びるので）ドアで身長を測ったり
学校の途中で　門の中へ　オーイと呶鳴《どな》ったりして見たい

夜中　もういちど　窓べに立って
往来の　静かな眠りをさまたげる　通行人の声に
じっと　耳を澄ましてみたい
誰かが嘘をついたとき　憤慨して
五日間　顔を合わさずにいてみたい

家へ帰る途中　キッスがしたいのに
キッスをこわがっている女の子と
もういちどいっしょに　市立公園を走ってみたい
閉店まぎわに　二マルク五十ペニヒで
あの子とわたしのために　指環を二つ買ってみたい

歳の市に　十ペニヒ玉が二つ三つ　ほしいために
きっとまた母親に　おべっかを使うにちがいない
それから　長いあいだ水にもぐる男や
葉巻を吸う猿を　見物するだろう
そして　大女にわたしを撫でさせるだろう

ある女に　わざと　わたしを誘惑させて
これがレーマン氏の許婚《いいなずけ》だ　と　たえず考えたり
彼女の手を　肌に感じたりして　心臓が
夜中に両親の家の門を叩くように
からだの中で　ドキドキと　大きな音を立てるだろう

あのころ見たものが　全部そっくり　見られるだろう
それから　そのあとで起こったことが　全部そっくり
もういちど　これから　起こるだろう……
同じ光景を　もういちど君は見たい気がするか？
する！

これは「年齢が悲しくなったら」読む、と用法には書いてある。つまり老人病治療の抒情的家庭薬というわけである。

役立つ詩

「詩を作るより、田を作れ」という思想は、根本的には政治主義に根ざしたものである。それは「役に立つ」ということを第一義に考えた処世訓であって「詩なんかなくても生きることはできるが、田がなければ生きることはできない。だから、どうせやるなら自他ともに役立つところの、田を作る方に打ちこむべきだ」といったほどの意味である。勿論、ここでいわれる「田を作る」ということは比喩であって、「目に見えた効果、社会的に有効な仕事」といったことを指しているのであろう。

詩はアリストテレスの時代から、なければなくても済む、役に立たないものとしての道を歩んできた。それはあくまでも個人的な世界であって、夢の軌跡なのであった。「人々を動かすことは（とゲルツェンが『過去と思索』の中で書いている）その人たちの夢を、その人たちが自分で見得る以上に、はっきりと夢見ることによってのみできるのであって、幾何の定理を証明するように、彼らの考えを証明してみせることによって出来るのではない。(2)」

だがいつの時代でも必要とされてきたのは「証明してみせる」歴史家の実行力にすぎなかった。まがりなりにも「役立つ詩」「食える詩」を書いて社会に奉仕しようとしてきた詩人たちは軽蔑され、「役立たない詩」「食えない詩」を守りつづけてきた詩人たちは、無用の人としての扱いをうけた。

ケストナーの「世の中が厭になった者は何でうがいしたらいいのか？」という問いかけは、どんな歴史家の実行力も、心の問題にまで力をおよぼすことができないとき、詩人の「その人たちの夢を、より深く見る心」が「役に立つ」のではないか、という反問を含んでいるように思えるのである。

詩を役立てる心

実際、他人に「役に立つ詩」は存在しないかもしれない。

詩は、書いた詩人が自分に役立てるために書くのであって、書くという「体験」を通して新しい世界に踏込んでゆくために存在しているものなのだ。

だが、「役に立つ詩」はなくても「詩を役立てる心」はある。それはあくまでも受け取り手の側の問題であって、詩の機能をうらからたぐりよせてゆくための社会性の法則のようなものである。いつの時代にも、詩を必要とする社会は幸福ではないかもしれない。(なぜなら、詩は幸福自体としてではなくて、その代用品として存在しているものだからである。)

私は、詩の社会性というものは詩人の創作態度だけの問題ではなくて、その詩人をもふくんだ(受け取り手としての)社会全体の問題だと考えている。

泣くな妹よ　妹よ泣くな
泣けばおさない　二人して
故郷をすてた　かいがない

この低い感受性の詩にも社会性はある。ディック・ミネの喉をメディアにして、裏町生活者たちにとどけられるこの「詩」も、挫折してパチンコ屋の屋根裏に不貞寝している家出主義者たちには、ケストナーの詩と同じほどの「家庭薬局」的効用を果しているのである。人生を処方するのに、薬の方で病人をえらぶことはできない。大学の門をくぐることは勿論、高校の帽子さえかぶらなかった労働者たちにも「詩を役立てる心」はある。彼等は、活字を通さずに（歌手の喉によってコミュニケーションされる）詩を好むのである。いまのところ、活字媒体による現代詩は「人生処方」的な意味では、歌謡詩にはるかにおよんでいないようである。

どこかに故郷の　香りをのせて
入る列車の　なつかしさ
上野は俺らの　心の駅だ
くじけちゃならない　人生が
あの日ここから　始まった

就職列車に　ゆられて着いた
遠いあの夜を　思い出す
上野は俺らの　心の駅だ
配達帰りの　自転車を
とめて聞いてる　国なまり

この関口義明の詩は、集団就職で上京してくる農村のハイティーンの立場に立って書いたものである。「家の光」協会選定ということで作曲され、井沢八郎の唄によって新宿や池袋の盛り場の大衆食堂などのスピーカーから流されている。私は、この唄を聞きながらパチンコをやっているひとりの工員を見たことがある。彼は、球が皿いっぱいにあふれているのに、はじくこともせずにじっとしている。どうしたのだろうと思ってのぞきこむと、唄に一々うなずきながら涙ぐんでいるのだった。

井沢八郎は、この「詩」をうたうとき「くじけちゃならない人生が」というところで、ふいに喉の奥につまっているものでも吐き出すように、はげしい地声をひびかせる。それはふだん決して「人生」などというボキャブラリィを用いることのなかった農村出身のハイティーンが、はじめて「人生」ということばを知ったおどろきと、認識の荒野へ向って目をみひらきはじめた悲しみ——といったものにあふれている。「詩を役立てる心」が、もし本当に類似治療によって立直れるとするならば、この素朴すぎる詩も政治主義者と対峙できるほどの社会性をもっているといえるのではないだろうか?

　教えておくれ　今すぐに
　教えておくれ　私に

どこにいるか　何をしてるか
あの子のうわさ　教えておくれ
答えておくれ　今すぐに
答えておくれ　誰かに
どこへつれさり　何をしたのか
あの子のことを　答えておくれ
かえしておくれ　今すぐに
かえしておくれ　今すぐに
君も君も　人の子ならば
あの子の生命　かえしておくれ

この詩は、はじめから「役に立つ」ことを目的として書かれたキャンペーン用の詩である。「きみ」というのは吉展ちゃん誘拐事件犯人の小原保のことであり、「わたし」というのは詩を書いた藤田敏雄ではなくて大衆一般の最大公約数としての「わたし」である。私はこの詩が作曲され、ピーナッツやボニー・ジャックスによってレコードに吹きこまれたときから疑問を持っていた。それはこの詩が、私自身の「詩を役立てる心」とふれあうものがなかったからかもしれないし、また詩の機能性に対する過信から、「注文製作」的に必要なことばだけを織りこんだため、詩としての感動がうすれてしまっていたからかもしれなかった。どっちにしても、犯罪者へ「話しかける」にしては話しかける側（詩人側）の動機がきわめて曖昧な気がした。（丁度、デパートの紳士服売場で、自分のサイズにあわせて一着のズボンを注文するように、一つの社会的な事件にあわせて詩を作るというのでは、詩を書く側の内的なモティーフが弱すぎるのではないか、と思ったのである。）

だが黒沢明の「天国と地獄」を観て吉展ちゃん誘拐を思いついたという小原は、このボニー・ジャックスやピーナッツの唄う「かえしておくれ」の詩に、日夜ゆすられる思いで改悛したと自供した。つまり、犯罪にもその告白にも詩が「役に立つ」ということを証明してみせてくれたのである。

私はこの小さな詩と誘拐犯との、歌手をへだてたコミュニケーションに興味を持った。すくなくとも、ここにはある効果がはっきりと現われたのだ。だが、これを「詩を役立てる論理、大衆の共有物にしようとする思想」の勝利だなどと決めてしまうのは当っていない。事実はむしろその逆である。「受け取り人」であるところの小原保、日本で一番淋しい男であるところの小原保の「詩を読む心」だけが、この詩を機能的なものにしたのだ。ところで、と私は考えてみた。もしも私が人生処方のために戦後詩のアンソロジーを編むとしたら、bookishな同時代の知識人たちに一番「役立てられる」詩は何だろうか?

彼等が良識を重んじ、安定した家庭の平和を唯一の幸福と考える(扇風器のようにまわってばかりいて、ちっとも前進できないインテリだとしたら)やっぱり藤森安和の詩を役立てるのではないだろうか?

藤森安和の詩には精神の高い梢は感ぜられないが『抒情的家庭薬局』の覚醒剤的なはげしい効果はありそうだからである。

真夜中のことだった。
おらよ。凍った路へしょうべんたらしたよ。
ゆげが、ほかほか、
上に横にさわやかな夜風になびいたよ。
いけないことだよ。おまえ　ポリさまに怒られるよ。
いけないよ。いけないよ。たんといけないよ。
なんだい、天皇陛下が御馬車で御通りになったからってよ、
天皇陛下だってしるんだよ　あれをさ。バアチャン、アレダヨ。
天皇さまだって人間だものアレしるさ。
アレってなんだい。バアチャン。

アレだよ。
だからアレってなんだい。
だからアレだよ。
あれあれファンキー・ジャンプ。

真夜中のことだった。
ファンキー・ジャンプ。なんだいこりゃあ。
おらよ。いま恋人ときれいに別れてきたよ。
御座敷に差向かいで。めしを食べ
恋人には手もふれなかったよ。
きれいに。きれいに。別れてきたよ。
涙なんて流さなかった。
恋人は特急電車で
ファンキー・ジャンプ。それなりだ。
消えたんだよ。ファンキー・ジャンプ。
真夜中のことだった。

バアチャンは知っているよ。
なにをだい。
いま泣いたよ。あかちゃんが。
あかちゃんが泣いたからってなんだい。
あかちゃんのアスコさわったんだろう。痛がってたよ。
町のねえちゃんがわるいんだよ。
なぜわるいんだい。
大人にさわられると、口からよだれたらすくせに
おらがさわると
ポリさま。この子。なんて
かなしげにさわぐんだよ。
バアチャンのをさわったらどうだい。
なにいってるんだい。そんなしなびたやつなんて、いやだよ。
昔は昔今は今。
しなびたやつにはようはない。ファンキー・ジャンプ。
よだれをたらしてファンキー・ジャンプ。

2　難解詩の知的効用

誰のために難解なのか

どうも戦後詩ってやつは難かしくって面白くないね。読んでるうちに頭が痛くなってくるよ。といって三好豊一郎の詩を持ってきた砂利トラックの運転手がいる。だが三好豊一郎の詩は本当に難解か。

ぼくは泡であり　波であり　光であり
泡でもなく　波でもなく　光でもない
あることだけはあきらかだがみえない力
さまよいながら消えうせぬもの
消えゆきながら顕われるもの

太陽はぼくを空の深淵に投げ
空は光のエネルギーのなかにぼくを受けとめる

この三好豊一郎の「引力」という詩は、格段難解なわけではない。ただ、間接的すぎて気取ってみえるだけなのだ。それにもし、自分が「泡であり　波であり　光であり　泡でもなく　波でもなく　光でもない」ということを砂利トラックの運転手に「理解して貰おう」としているとしたら、それは三好豊一郎のわがままというものだろう。

彼は書くことによって、自分を確かめているにすぎない。だから、これはあくまでも「自分のための詩」であって「話しかける詩」ではない。この詩にとって、砂利トラックの運転手は問題ではないのである。

絶望の仮面にするほどの諧謔もなく
裸になってかわかしても
衣類はもはや永遠ということばほどには乾きそうもない

と書く嶋岡晨にしても同じことがいえる。「衣類はもはや永遠ということばほどには乾きそうもない」といういいまわしに気の利いたレトリックを感じることはできても、感動することはできない。(勿論、砂利トラックの運転手の問題をべつにしてもである。) 私はふと考えるのだが、レトリシアンというのは結局、気の弱い人間なのだ。彼は単刀直入にものをいうことができなくなって、レトリックで間接的に自分のいい方を暗示させようとする。だが、しばしばレトリックの方がいい方を上まわって、主題が転倒してしまうのである。

木の中へ　女の子が入ってしまった
水たまりの中へ　雲が入ってしまうように
出てきても　それはもうべつの女の子だ
もとの女の子はその木の中で
いつまでも鬼を　まっている

まだ無傷だった頃の大学生嶋岡晨はこんなに明晰な主題の詩「かくれんぼ」を書いていたのである。

難解主義

私は、最初から難解さを目的とした詩は好きである。それは気取って平明さを欠いているのでもなければ、気の弱さからレトリックを連発してしまっているのでもない。まさに「困らせる」ことにたのしみを見出しているのだからである。それは古葡萄酒《ワイン》の年代をあてたり、ヴァン・ダインの推理小説の謎を解いたり、字謎《アナグラム》に熱中して夜を徹したりするような楽しみのためだけで存在しているのであって、わかり易くては意味をなさないのだ。その点で、先にあげた詩とは本質的にちがっている。

前者は、自己韜晦の危険にさらされているが、後者は純粋の娯楽作品であって、レトリックのかげから何かをコンフェッションしようとしているのではないのである。

　　罌粟夫人に

海はなくとも帆は帰る、折りの鏡身《かがみ》のかひやぐら

　　リベルタン・花田清輝に

なかまどの下では一切他律の痔が出る

火山学の白鳳仏に及ぼした春さきを思ふ

これは加藤郁乎の「えくとぷらすま」の中の一行詩である。何とも「難解」ではない

か。彼はこの詩集の「あとがき」で「言葉だけでは祓へない樹木崇拝に似た空の一角があつて、自らを治めがたい。このジャンルの島のその歌謡風な分け方にも、近頃は笑ふべき秋がきた」というおそるべき自作の解明をやっている。(それに彼の詩の大部分は、読者が澁澤龍彦とか窪田般弥とかいう風にはっきりと限定されている。したがって、この「難解さ」に興味をもって介入することは自由だが、砂利トラックの運転手のような「大衆」は、はじめから圏外におかれているのである。第一、彼は他の詩人たちのように商業的な詩誌には作品を載せようとはしていない。)

堂本正樹に
模造男根こうべに植えて
ゆくや抱寝のやじろべえ
卍ひとつも血文字でまわす
賽もころばぬ踏絵の穴に
ままよ茶の湯の見返り阿弥陀
りんの玉乗りとんぼを切れば
能は夕焼け猿楽おどし

若衆ひでりの御詠歌ジンタ
電気人形爪かむ春の
魔羅くれないが赤死病

投銭鐚銭さんずの川で
払い戻しのかわつるみ
渡るからすもヴェロナール
縁やらほとけと裏目に振れば
運のいいなりふたまた離魂

この「唄入り神化論」と題された詩は二葉あき子の「こんな女に誰がした」の節で唄うとピッタリだそうである。私は堂本正樹を知っているので、この詩の隠喩のところどころを理解できるが、しかしすべての謎を解いて堂本正樹という複雑な快楽主義者のもう一つの生活をはだかにするまでには、当分の時日を要しそうである。

「正確な曖昧」

藤富保男もまた、たのしき「難解派」のひとりである。

彼の詩集『正確な曖昧』（何という題！）は笑いなしでは読めるものではない。アメリカン・フットボールの選手で大男のくせに、これはまた実に細心のサービスぶりである。

もし世界が明るくなれば　と思う
もしも世界がバナアナの色に輝けば　である
星も虫も石も（　）も（　）も
その上1から10までの諸君が立上り笑い飲んで歌うのだ
もし
は世界のどこかに住んでいる
もし
はどこかにかくれている
もし
が大声でこちらを呼んでいるのだが
人々はその声をきこうとしないのだ

もし
は夜光塗料をぬったように光る禿頭の老人ではない
もし
は捨てられたフライパンの穴の外にこぼれてもいない
もし
は六月の樹の下でふざけたがっている恋人たちではない
もし
は藤富保男氏の詩の中にもない

しかし
もし
が口笛をふいてやってくると
あたりは一面　向日葵が咲いたように繁栄する
もしも
もし
が

もしもし
と呼んでいるなら
自転車のうしろにのせてつれてきたいのだが
もし
は世界にはいないのだ
結局
世界も日々もはじめの時のように
濡れた筵《むしろ》のように重いので
むしろ
もし　と考えることが何か巨大な淋淋淋しいことなのだ

私は彼の詩のファンであるが、結局何のことなのかさっぱりわからない。加藤郁乎の詩を古典的な、ディクスン・カーとかヴァン・ダインのムードに喩えるとするならば、藤富保男の方は玉ねぎくさいハンバーガーの味、たとえばハードボイルド派のウェストレークあたりというところだろうか。

あれもこれもとすっぱり切り捨ててしまって、莫迦莫迦しいほど空っぽになってしまいながら、なにか「人生の真実」といったものを感じさせる。「難解派」だが、スタティックではないのである。

安解詩

さて、「難解詩」について書いたところで「安解詩」の紹介をしようと思う。谷川俊太郎のポンチ詩である。

これは、いわば詩というよりは落書に属する。深刻な書斎主義者たちは「詩として認めがたい」といい、年鑑（アンソロジー）の選考にあたっても、最初から問題にされなかったものばかりである。発表の場は週刊誌、およそ「文学」的ではない時事的なニュースを父とし、わかりやすい日常語を母として生まれた漫画っ子のような詩ばかりだ。

どんぐりまなこ
かなつぼまなこ
ししっぱな
だんごっぱな
にきびづら

らんぐいば
にじゅうあご
ぶしょうひげ
でっちり
はとむね
だいこんあし
しゃーべっととーん
ケロイド

こうした詩は、はたして社会的に「有効」だろうか？　さきの章であげた茨木のり子の詩「もっと強く」と同列の作品だろうか？　たぶん、そうではないだろう。いや、はっきりとちがうものである。

ここにはあきらかに「隣人のことば」ではなくて、詩の主体となっている谷川俊太郎の反政治の肉声を聞く思いがする。

積上げる
会談を

あいさつを
積上げる
京劇を
文化人を
積上げる
政治を
経済を
積上げる
ゆらゆらと
ふらふらと
積上げる
いちばん下にあるものは何?

こうした「安解詩」は砂利トラックの運転手にでもわかるだろう。ある意味でこれは彼なりの人生処方薬局でもある。ただ、これらの詩は常に一つの「質問」であって「回答」ではない。もし、これらの詩を読むことを一つの体験としようとするならば、読者はきっとこの漫画のような詩の数倍の、べつの「回答」をつくりだすために、頭をかかえこんでしまうことになるのではないだろうか？

これらの落首は、実はひどく傷ついた孤独な詩人のモノローグである。たのしげではあるが苦渋にみちている。

これがかつて「おはよう」の思想化を目ざしてデビューした詩人の十五年後のレポートだと思うことは、私には何だかつらいことである。今日彼は、誰のためにこの孤独なエピグラムを綴りつづけているのだろうか？　ことばが面白ければ面白いほど、私はなぜだか楽しめなくなってくるのだ。

人はつくる
物をつくる
物はつくる
金をつくる
金はつくる
国をつくる
国はつくる
人をつくる
人はつくる

物をつくる
……
人は自分をつくらない
天はなんにもつくらない

註

1エーリッヒ・ケストナー『抒情的人生処方詩集』用法　2ゲルツェン『過去と思索』

第五章　書斎でクジラを釣るための考察

1　戦後詩の代表作

俳句

私は人気投票が好きである。映画女優の人気投票であろうと「有馬記念」のサラブレッドの純血馬の投票であろうと「選ぶ」ということは何しろ楽しい。それも決断を下す瞬間よりも逡巡しているときの方が余計にである。「迷い長ければ、楽しみもまた長し」というわけであろう。

この章では「戦後詩人」のベストセブンを選び出してみようと思ったのであるが、いざとなると誰を捨て、誰を残すかということがなかなか決まらなかった。たとえば「戦後詩」のカテゴリーのなかに短歌とか俳句を入れるべきかどうかということも問題であった。私の考えでは、詩がそれぞれの型式の中で専門化され、互いに他のジャンルとの境界線をはっきりさせることによって、方法論ばかりを老けこませてしまった戦後詩史というのは、かなり変則的なものなのである。

すでに俳句については桑原武夫の「桃のことは桃にならい、麦のことは麦にならいつつ植物的生を四号ないし色紙大に写し出すこと、今日俳句が誠実であろうとするとき、必然的にここに帰着せざるを得ない」[1]（「第二芸術」）という論文が発表されていた。桑原武夫によると「かかる慰戯を現代人が心魂を打ちこむべき芸術と考えるのは芸術ということばの濫用であり——もし、文化国家建設の叫びが本気であるならば、その中味を考えねばならず、第二芸術に対しても若干の封鎖が要請されるのではないか」ということになるのである。しかし、これはあくまでも昭和二十一年当時の俳壇の情勢論に即した考えであってない。（情勢論抜きで本質論を語れないとしても）俳句が芸術ではないという論拠にはなっていない。桑原武夫の真意はむしろ長谷川如是閑のいうところの「全国民的性格」が慰戯的な俳句までも芸術としてみなすことによって、近代的「自我」さえも持たない一億総芸術家的文化国家が誕生することを戒めたものであろう。

だが、戦後俳句史のなかにも「全人格をかけての、つまり一つの作品をつくることが、その作者を成長させるか堕落させるかの、いずれかとなる厳しい仕事をした」俳人は何人かいたのである。と同時に、慰戯的なメモリアリストたち、いわゆる第二芸術家たちは詩人や歌人、あるいは小説家たちのなかにも少なくはなかったのだ。私もまた桑原武夫のいうように床屋の俳句、主婦の短歌に「芸術」ということばを冠するのはやめた方がいいと思うが、その逆の「全人格をかけて一つの作品をつくりつづけてきた」俳人には、小説

「芸術」家たちなど以上の評価を与えてもいいのではないかと思う。

それはたとえば西東三鬼とか石田波郷とかいった人たちである。勿論、中村草田男や山口誓子も外すわけにはいかない。しかし、一応ベストセブンということになると俳人からは西東三鬼を選ぶことになる。西東三鬼はヤスパースの影響を受け、「事物の経験」を問題にしつづけた俳人である。彼は意識への観念的な復帰をしりぞけ、「世界が、彼についてなし得る一切の分析に先んじてそこにあった」（メルロオ・ポンティ『知覚の現象学』）ということを私たちに物語ってくれた。

私が文学に興味を持った最初のきっかけは西東三鬼の句集『今日』によるものである。

短歌

俳人をひとり決めたあとで歌人をひとり選ぶとなると、はたと当惑する。戦後短歌はなかなかに不毛であった。近藤芳美の『埃吹く街』は、戦後の荒廃を抒情的に詠うことによって、短歌がまだ青春の文学であるということを示してくれたが、その後の彼には、その荒廃をどのように越えてきたかという軌跡が読みとれないからである。

「変ってゆく人間は愛される。そういう人は成熟していって今日は昨日理解したよりもずっと多くのことを理解するからである。

しかし自分の立場を転倒させる人間は変るのではない。彼は自分の誤謬を克服しはしな

いのである。」(2)

近藤芳美の場合、「立場の転倒」ということばは当っていないかもしれない。ただ、終戦直後に近藤芳美の苦渋、戦中派知識人の再出発に期待した人たちは、二十年後の

歩み過ぐるたれかやさしき声かけて吾が帰るべきはるかな世界

というソ連での作品（「キエフの岡」）に見られる「日本ははるかな世界だ」という感じ方にさびしいものを感じるのである。近藤芳美、葛原妙子、塚本邦雄、岡井隆といった人たちが戦後短歌史で評価に耐える数少ない「詩人」だと私は思っている。ここではその中の塚本邦雄をベストセブンに加えるのがいいのではないだろうか。

塚本邦雄は、近年「前衛短歌」という一つの文学運動の代表者と見做されてきた。しかし歌人としての彼は、むしろ反運動的な異端者としての評価がふさわしいようである。彼の残酷なユーモアにあふれた短歌は「マジメにやる」ことだけを伝統にしてきた啄木以後の短歌に、劃期的なべつの性格を与えた。彼の短歌はいわばサキやジョン・コリアの短篇を読むようなエンターテイメントなのである。それは「あそび」ではあるが「慰戯」ではない。今日、彼の定型詩が自由詩よりもはるかに自由に見えるのは彼の詩の天賦の才のせいだということができるだろう。

歌謡詩

残った五人のスペースを全部自由詩で埋めるかどうか、というのが問題である。活字によらない詩人、他の媒体を通して詩を伝達してきた詩人として、たとえば「歌謡曲」の詩を書いている人を一人位加える必要はないだろうか？

前章で書いたような、ケストナーの『人生処方詩集』スタイルの「用法」のある詩については批評家たちの評価はきわめて低いものであった。しかし、その詩の質がメタフォアーも用いない単純な感傷にひたりきったものだとしても、ときには私たちのプライベートな生活の治療に役立つこともある。「世の中が厭になった者は何でうがいしたらいいのか？」という問いに答えてくれるものがそこにあるからである。

「人は、その煩悶をみずからの理性によってばかり処理しようとするからあやまちをおかすのである」（ローレンス・スターン『センチメンタル・ジャーニー』）

そこで、「感傷」の社会性とかカタルシスの効用とかいった意味もふくめて「歌謡曲」の詩について考えてみたら、戦前ならば西条八十、戦後ならば星野哲郎か青島幸男といった詩人の名前が思いうかんできた。たとえば西条八十の場合、サンボリックな純粋詩よりも、流浪の人たちをテーマにした「サーカスの唄」や「旅役者の唄」の方が私にはずっと新鮮に思われた。それは決して私のシニシズムのせいなどではなくである。

あまたなる羊を追ひて
かくも平和《やすら》けき童《わらべ》のあるに
一人なる君をば追うて
寝《い》ねがてに悩むこころぞ

といった西条八十の純粋詩（「牧童の画に題す」）を読んでみても、私はなぜか親しめない。それは「近代」の波打際に古い洋館で語られた日本語であり、言文一致以前の書きことばのなかで窒息しかけている情念である。だが同じ詩人の

お月さまさへ十三七つ
ふたつ三っつの子を抱いて
なんの因果のマドロスぐらし
夜風潮風　子守唄
坊や泣かずに　ねんねしな
役者する身と空とぶ鳥は

どこのいづこで果てるやら

という「マドロス子守唄」や「娘役者の唄」などは「牧童の画に題す」のような気取りがないばかりか、誰でも口ずさめるようなひびきのよさを持っている。これらには形而上学がない代りに、船員や旅役者の生活の現実がある。

幾分うそになってはいるが、こうした詩にこそ、わが国の大衆下部構造の疑似ブルース的な名調子がある。そこで思いきって、戦後の西条八十といわれる正統派歌謡詩人の星野哲郎をベストセブンに加えてみることにした。私もまた彼の詩をセレモニーのようにたのしみながら青春時代を過ごした一人の家出主義者だからである。

(星野哲郎にしようか、青島幸男にしようかということでは随分と迷った。青島幸男もまたユニークな仕事をした詩人である。植木等のパーソナリティを媒体にして、停滞した一九六〇年代に怒りの詩を書きつづけた彼の漫画的な諷刺詩は、いわば市井からのメッセージ、落首の思想といったものに根ざしていた。それは戦前の「恋しい母の名も知らぬ」ような境涯ムードから脱却し、みずからの時代の無気力さへ呼びかける、話しことばの詩だったのである。)

帰りに買った福神漬けで

一人淋しく冷飯喰えば
古い虫歯がまたまたうずく
（中略）
これが男の生きる道

という独身サラリーマンを「叱る」詩や

学校出てから　十余年
今じゃ無職の　風来坊
通いなれたる　パチンコで
取ったピースが　五万箱

学校出てから　十余年
今じゃテレビの　タレントさ
御用御用の　明け暮れで
斬られて死んだの　五万回

学校出てから　十余年
今じゃリッパな　恐妻家
呑んで帰って　シメ出され
雨戸におじぎを　五万回

という無気力人種のバラードには、ラクロワの『出世をしない秘訣』のような逆説の面白味がある。それは、この植木等のモラルを「大切に培いなさるがよい。そうすればたぶん五十歳頃には、あなたはかのすばらしい存在、文明の華、すなわち『落伍者』となりうるだろう」（J・P・ラクロワ）というほどの意図である。

だが、私はベストセブンを選ぶにあたっていろいろ考えた末、逆説よりも正説を評価することを旨として、星野哲郎に落着いたのだ。

自由詩

黒田喜夫、谷川俊太郎、吉岡実はそれぞれ私の好きな詩人である。

この三人を選ぶのに、私は迷うことはなかった。だが、あと一人となると長谷川龍生にするか岩田宏にするか、田村隆一にするかですっかり迷ってしまったのである。

北村太郎のペシミスティックな詩も、戦後詩を語る上では外しがたいように思われた。

彼の「小詩集」の中の一篇、

部屋に入って、少したって
レモンがあるのに
気づく　痛みがあって
やがて傷を見つける　それは
おそろしいことだ　時間は
どの部分も遅れている

は、危機の時代にふさわしい抒情詩であった。だが、「痛みがあってやがて傷を見つける」ということを、北村太郎はなぜ「おそろしい」と感じたのであろうか？　存在が本質に先行したとしても、それは時間が遅れたことにならないのではなかろうか？　私は、実感を大切にすることから詩作をはじめた世代に属していたせいか、北村太郎のこうした「認識」に戦中世代の迷妄を感じたように思った。私は、北村太郎の考えている「おくれていない時間」が、第二次大戦中の知識人の非力さにつながっていたと思っていたのである。私は主知主義の理想を信じなかった。

一篇の詩を生むためには、
われわれはいとしいものを殺さなければならない
これは死者を甦らせるただひとつの道であり、
われわれはその道を行かなければならない

こう書いた田村隆一もまた経験を信じないという点で、戦後を暗黒時代のごとく生きる詩人である。

「戦後の社会は破滅的要素に満ちているので」「われわれは生きている幻影の中にわれわれの荒地を見出す。(3)」

だが田村隆一もまた、この荒地を掘りかえすためには経験の腕、生身の爪によるしかないということをきびしく感じているだろうか？

地上にはわれわれの墓がない
地上にはわれわれの屍体をいれる墓がない

と書きつづける田村隆一の終末的ニヒリズムについて、鮎川信夫はそこには、「終末的近代の自覚という歴史的意識が根本にあるわけである」と書いている。

「われわれが常に外部からの問題を否定的に受け取ってきたという懐疑的傾向には、近代主義がベルグソンやフロイド以後、一般的な社会的危機や政治の圧力による人間の不安、苦悩、絶望、不満等に対して殆んど無力であり、その度にマルクス、レーニンが担ぎ出されたりすることに対する不信の感情が含まれている[4]。」

私はこの論文を読んでからしばらくして田村隆一、鮎川信夫のポートレートを見たことがある。田村隆一は端麗な顔をした書斎の狩猟家といった感じで、鮎川信夫は彼の代表作「アメリカ」にふさわしいニヒリスティックな行動主義者という感じであった。(それはレインコートを着た全身像だったが、ジュールス・ダッシンの「男の争い」にでも登場しそうなはげしい目で、遠くを見つめていた。私は彼が「破滅的要素に浸れ、それが唯一の道である」と低い声で呟やき、ライターで煙草に火をつけながら霧の中へ足早に立去ってゆく姿などを想像して「荒地」という結社に大きな羨望を持ったものであった。)

だが今日、田村隆一と鮎川信夫はどのように変ったか。主知主義者たちが「唯一の道」をどのように実践してきたかを知ることは興味深いことである。「われわれの誠実は詩を書くという一点にある」と書いた鮎川信夫はすっかり詩を書かなくなってしまった。

近年、私が逢ったときの鮎川信夫は知識人に似合う眼鏡をかけ、「生活の多忙」を口にしながら急込《せきこ》んでいた。それは少年時代の私の「偶像」をすっかりと地に墜してしまうほどナイーヴな、教育家のような、おとなしい鮎川信夫であった。また田村隆一は「幸福な夫」になった。彼はアルコールなしでは生きられない日常に「唯一の道」を見出し、にがい心の漂流物を酒場に漂着させては彼自身の「失なわれた週末」を数えている。

おれはまだ生きている
死んだのはおれの経験なのだ

私は田村隆一のこんなフレーズが好きである。ここには上質のブランデーのような口あたりの良さと、長い陶酔とがある。だが自ら荒地を選んだ四十代が、自身の破滅を通してしか世界を語れなくなってしまったということは、あまりにさびしすぎる結着ではなかったろうか？

ウイスキーを水でわるように
言葉を意味でわるわけにはいかない

と田村隆一は書いているが、そこにはもはや自分の詩を否定する姿勢があるばかりである。かつて田村の詩は同時代の人たちにとって「意味の水」であった。それは「死んだ経験」から立ち上らせるもう一つの世界を解く鍵でもあった。だが、いまになって田村はそれにさえ嫌悪を感じている。(もちろん、たとえ嫌悪を感じようと感じまいと「ウイスキーを水でわるように　言葉を意味でわるわけにはいかない」という表現自体が、言葉を意味の水で薄めたものであることは否定できない。

「言葉を意味でわる」という実証不能のいいまわし、メタフォアーの使い方は、まさしく肉声《生ウイスキー》と対立するものである。)

それにもかかわらず、私は田村隆一のこんな詩が好きだ。

「なぜ小鳥はなくか」
プレス・クラブのバーで
星野君がぼくにあるアメリカ人の詩を紹介した
「なぜ人間は歩くのか　これが次の行だ」
われわれはビールを飲み
チーズバーグをたべた
コーナーのテーブルでは
初老のイギリス人がパイプに火をつけ
夫人は神と悪魔の小説に夢中になつていた
九月も二十日すぎると

この信仰のない時代の夜もすつかり秋のものだ
ほそいアスファルトの路をわれわれは黙つて歩き
東京駅でわかれた

「なぜ小鳥はなくか」
ふかい闇のなかでぼくは夢からさめた
非常に高いところから落ちてくるものに
感動したのだ
そしてまた夢のなかへ「次の行」へ
ぼくは入つていつた

人間嫌い

長谷川龍生は小説家を志ざした詩人である。「正確な噂によれば、彼はときどき、気がふれるらしい。それを保身術とも、韜晦趣味とも云えば云えぬこともないが、彼が自分の狂気を猫かわいがりにかわいがっているその仕方を見ると、これはやはり彼の本質に相当深くかかわっていることなのだと思わせられる」(5)という評価もある。職業は広告会社の重役である。私は彼に、自分の内部世界とのたたかいにマキャヴェリズムを弄する男を見る。彼が信じているものは、もはや自分の内部世界でさえもないのだ。（おそらく長谷川龍生はつめたい男なのではないだろうか？）

そしてそのつめたさは、徹底的な不信から生まれている。彼は何も信じないくせに、何にでも好奇心を持つ。――私が彼と岩田宏とを区別するのは、岩田宏にある「人間好き」と長谷川龍生の「人間嫌い」の二つの交差路の中ほどに立ったときである。

だが長谷川龍生の詩は面白い。その不信につらぬかれた忍術まがいの幻想の叙事詩は、まさに「抱腹絶倒」という感じさえするのであった。

灯《あかり》のきえた室内のひと隅で
おれは、おれの経っていく時間を
しずかに張りこんでいた。
そして、なにかの拍子に
猫がひらりと飛び下りるように
おれは、おれの背中に這いつくばった。
背肌には青ぐろくなった紋状のかさぶたが
むすうの皮膚穴をふさいで
いちめんに走っている。

かさ、かさ、かさ、かさ、
ぴちゃ、ぴちゃ、ぴちゃ
おれは、不意の訪問者をよそおって
おれの鮫肌をノックした。

灯《あかり》をつけて
おれは、暗やみの中から姿をけす
灯《あかり》の下で鮫肌がぎらぎらと光っている。
うろこのようになったかさぶたを
ひとつひとつ毟りとっていくと
皮膚穴の口から
あぁ！　あぁ！　あぁ！
はぁ！　はぁ！　はぁ！
大きなためいきが立ちのぼる。
毟りとっていくうち
青ぐろい鮫肌の上に、ざあっーと

スコールが襲ったように
むすうの鳥肌が立った。

鳥肌の森を、おれは
一挺の銃をにぎってすすんでいく
踏みしめていくかさぶたに
過ぎ去った日の足跡がついている。
その足跡は、いつかの傷ぐちにつづいている。
めり　めり　めり　めり
めりッ！　めりッ！　めりッ！　めりッ！
氷海が割れるようなかさぶたの音が
おれの背中にひびいていく。

2　西東三鬼、塚本邦雄

事物の経験

西東三鬼は死んでしまった。だが私の古い大学ノートは今でも机の抽出しに蔵われている。そして、そのノートには三鬼の俳句がびっしりと書き連らねてあるのである。

赤き火事哄笑せしが今日黒し

犬の蚤寒き砂丘に跳び出せり

横たはる樹のそばにその枝を焚く

こうした俳句は、今日の私にとっては全く無意味である。何べんも何べんも暗記してしまってあるので、ときにふっと口をついて出てくるときには、「久しぶりに俳句ができたのか」と思うことさえある。

だが、中学生時代の私にとってこれらの一句ずつが「認識」の戸口を薄くこじあけて、外界からの光をさしこませてくれたのであった。「事物の経験」――それを外側からしか立会えない人間の無力感。それをリゴリスティックな俳句に詠みつづけてきたのが西東三鬼であった。

枯蓮の動くときゝて皆動く

枯蓮に動くときがきて、一斉に動いた……と詠うことは決してトリビアリズムではない。枯蓮に「動くとき」があるということは三鬼でなければ見抜けなかったであろう。だが「動くとき」とは一体何だったのか？

私は三鬼のあのしょんぼりしていた目を思い出す。金を借りることの上手な男だったそうである。

だが、彼は枯蓮に「動くとき」があるように、人にも「なし得る一切の分析に先んじた先験的な世界」があることを見抜いてしまっていたのではないだろうか？

雪嶺やマラソン選手一人走る

父掘るや芋以上のもの現れず

梅雨はげし百足蟲殺せし女と寝る

滅びつつピアノ鳴る家蟹赤し

穴掘りの脳天が見え雪ちらつく

快楽の観察

塚本邦雄は複雑な快楽の追求家である。

彼は『水葬物語』以来終始一貫して「幸福ではない。断じて幸福ではない。快楽だ。常に最も悲劇的なものを求めなければならない」といいつづけてきたかに見える。

ロミオ洋品店春服の青年像下半身無し＊＊＊さらば青春

という歌にしても

少女死するまで炎天の縄跳びのみづからの円駈けぬけられぬ

という歌にしても、ひどく残酷である。だがこの残酷さは「現実に起こり得ること」をほんの少しだけ上まわっているのではなかろうか？　彼は「観察者」というよりはむしろ「覗き魔」である。しかも、その「覗き穴」は快楽に縁どられたバルビュスの『地獄』の穴に似ている。

「わたしは、あの経験の強烈さをふたたび捉えるために微にいり細をうがった場面を夢中で頭に描いた。

『女はきわめてなまめかしい姿勢をとった』

いや、だめだ、これは真実ではない。

この文句は、どれもこれも死んでいる。現実に起こったことの強烈さに少しも触れていない——それをどう動かすこともできない無力なことば！」[6]

その無力のことばで、「経験の強烈さをあたらしく創造しようとする」彼のたくらみは、かなり果されているのではないだろうか。

不運つづく隣家がこよひ窓あけて真緋なままと耀《て》る雛の段

熱湯にあひるの卵死ののちもうごきつつ遠き男声合唱《オルフェオン》〈花〉

死してもわれの知己とおもふに炎天の墓石に帽子かける釘無し

剝製の鷲の内部におびただしき綿塡めてその暗がり充たす

老人ホームに「鱒」は鳴りつつ老人ら刺すごとき目に並ぶ晩餐

日常報告記録《メモリアリズム》にひたりきった歌人たちの「月並詠」のなかにあって、こうした塚本邦雄の歌は、つねに存在の核心をまさぐりつづけていた。彼は主として男色、不能、恐怖、無感動、軽蔑を通して、失なわれた「細胞の狂宴《オージィ》」へとつきすすんだ。彼の出現は、戦後短歌史の大きなエポックである。

（それは丁度、ヨーロッパで反体制運動が挫折したあとで、マルキ・ド・サドの書物が急激に売れはじめたのと似た傾向といえるかもしれない。彼の短歌が学生たちの間で人気を獲得するようになったのは、例の「安保闘争」以後のことなのだ。）

一口にいって彼の歌は「あそび」である。だがこれはまた何と「陰惨なあそび」であることだろう。

体育館まひる吊輪の二つの眼盲《し》ひて絢爛たる不在あり

われより死うばへる医師よ浴槽に脚を岬のごとく並べつ

姦淫は母もつことにはじまりて酢の底となる皿の絵の鳥

医師は安楽死を語れども逆光の自転車屋の宙吊りの自転車

3　星野哲郎

おまえの時代

村田英雄さんは嘘つきだなあ、とコックがいう。

なぜだね？　と私が聞く。

だってそうじゃないか。「若いうちだよ　きたえておこう　いまにおまえの　時代がくるぞ」っていったけど、あれから三年たってもやっぱり俺たちの時代なんかこやしないいんだもの。(7)

――この「若いうちだよ　きたえておこう　いまにおまえの　時代がくるぞ」の「柔道一代」を作詞したのが星野哲郎である。

足立区本木町の、日本で最初の浮浪児収容所「少年ハウス」では今でも寝る前に、全員正座してこの歌をうたう。「おまえの時代」……そんな時代がくることを彼らはきっと信じているのだろう。

だが、星野哲郎はその「おまえの時代」ということばを、確実に約束しようとしたわけではない。

彼はまた畠山みどりの口を通じて、こうもいっているのである。

他人《ひと》に好かれて　いい子になって
落ちて行くときゃ　独りじゃないか
おれの墓場は　おいらがさがす
そうだその気で　ゆこうじゃないか

星野哲郎を戦後詩のベストセブンに加えるとなると異論を唱える人も少なくはないだろう。富岡多恵子はどうしたのだ？　中江俊夫だっているじゃないか。石原吉郎や角田清文だってわるくないし、白石かずこや会田千衣子だって「いい詩」を書いているんだ。

だが、私にはやっぱり星野哲郎がいいような気がする。勿論、星野哲郎の詩には精神の深い燃焼といったものはない。文字にして印刷してみたところで、おそらく新しい感動など惹き起こさせたりはしないだろう。しかし、私は「詩の底辺」ということばを使うなら、星野哲郎こそ、もっとも重要な戦後詩人のひとりだと考えるのである。しかも、彼は活字を捨てて、他人の肉体をメディアに選んだのだ。

かわいそうにと　慰められて
それで気がすむ俺じゃない
花がひとりで散るように
俺の涙は俺がふく

美樹克彦の喉が星野哲郎の詩を取次ぐ。この詩のモラルは、先にあげた「出世街道」と同じように「自立」をすすめていることである。だが、これは「自立」であって「孤立」ではない。「あなたなしではさみしくて、とても生きては行けないの」と歌った戦中派のやみくもの愛情に対して、彼の詩は別の生き方の処方箋を示しているのである。

現代では恋愛が、反社会的なものであることぐらいどんな底辺のセールスマンでも女店員でも知っている。「幸福な社会」ではひとは恋にすぐ飽きるが「不幸な社会」だからこそ個人的なことに情熱を燃やすことができるのである。しかし、情熱的な行動主義はどんな時代でも社会全体の祝福を受けるというわけにはいかない。

「おれの墓場はおいらがさがす」という心づもりなしでは、個人的なことに情熱を注ぎこむことなど不可能なのである。

おれが死んだらしあわせな
恋をしとくれ たのんだぜ
ひとりぼっちがつらくても
泣いちゃいけない
人目につくぜ
おまえにゃすてきな
明日がある

おれはなんにも欲しくない
今日と云う日があればよい
流れる雲と　西　東
泣きたかったら
ひとりで泣くさ
おもいでだけで
いいんだよ

4　谷川俊太郎、岩田宏

二つの詩

この二人について書くことはもう何もない。それぞれの詩を一篇ずつ掲げることにとどめよう。谷川俊太郎「窓」。

ばたん　ばたん！
窓は風にあおつていた
ばたん　ばたん！
曇つた空は空缶
ばたん　ばたん！
窓の中では男と女が
ねじれあいよじれあい

くちかけた縄のように
よじれあいねじれあい　あい　愛　ああいい
ばたん　ばたん!
私の魂の中の蛆のような無数の言葉たちは
その音をこわがつてふるえてる
ばたん　ばたん!
その音
は苦しい
歌わない
意味しない
語らない
音
ばたん　ばたん!
世界の中の一枚の窓が風に鳴つて
男と女は夢中
誰もその窓から見ない

岩田宏の詩は「やしゃごの唄」。この詩もまた、音読すると効果が二倍になるという名調子の詩である。

1

むかし百姓は鎌をといだ　鎌を
とぐひまもなく　ふりかざした
こすい米屋はバットでなぐられた
それをやったんだ　じじやばばは

しくじりだった　じじは縛られ
かまどはこわれた　みんな夜逃げした
焼けた電車はかたづけやがった
まわりに綱を張りめぐらして

木の実をあつめて珠数をこしらえ
百万べんも　ばばはこすった

どこか遠くの便利な座敷では
まつりごとを細工していた

ひまなやつらはそば屋の二階から
太鼓たたいて仕返しに出掛けた
アルコールでていねいに拭いてから
すぐ将軍はおなかを切った

子や孫はまごころに困らなかった
くまどりした若い男は芝居小屋の
裏口で　泣きべそをかいた
なんにもないんだ　この世には

2

この世にはなんにもないと大笑いして
ぼくらやしゃごはバナナの皮をむいた

ふぬけたアスファルトにそいつを仕掛けて
人をころばすことを禁じる法律がある

この世にはなんにもないとウソをついて
ぼくらやしゃごはタバコを買い溜めた
忘れた頃に叔母さんがはるばる訪ねてきて
まあまあ　おっかさんのお位牌はどこ

ぼくが答えて　べつだん仏壇は要らないさ
おやじや叔父貴のまじないやまちがいに
びくともしないでぼくらは育ってきたんだ
思い通りになるものか　いっそ思うなよ

ぼくらもそのうち名前の下にハンコを押して
風呂敷をほどき　めしをたいたりするだろう
ぼくらもそのうちデスクの上の短い臭い足を
えばりくさった書類もろとも片付けるだろう

それでも未来を信じるな　だって早い話が
あの世に色目を使ったじじやばばのざまを見ろ
やしゃごは生れるんだ　ぜったい確実にね
やしゃごは生れるんだ　ぼくらやしゃごにも

勝手にしやがれ　すばらしいしぐさとことばを
じじばばはぼくらのくらしに残しやがった
勝手にしやがれ　ぼくらの知らない道路の上で
やしゃごどもはやしゃごどもと抱き合うんだ！

5　黒田喜夫、吉岡実

孤独な夢想

吉岡実は自分のことは一切語らない。コンフェッションしないのである。

だが、彼は書くことによって自分を「かくす」というタイプの詩人ではないようだ。

彼の詩を読むことによって「体験」しようとするならば、それはまさしく「異常体験」であって、あの怪奇人形芝居《グランギニョール》の楽しみにも似た胸のときめきを覚える。篠田一士は吉岡実の詩がユーモア体験を強要すると書いているが、私は「ユーモア」というほど人間的な笑いではないような気がする。

吉岡実の詩への嗜好は、私にとって昆虫採集狂時代を思い出させる何かがある。それは松竹蒲田の怪女優大山デブコや、浅草の「衛生博覧会」の人体模型陳列会場や、不具者ばかりの運動会へのノスタルジアである。

私は子供の頃、夢野久作の小説をかくれて読んだが、二十歳になってから吉岡実の詩をおおっぴらに読んだものだ。

椅子の上から　跳びおりてゆく　猫の毛のなかの跳足　刹那のことだが　大写しになり　花の深いひだに　吸いこまれた　誰でもが初めてのことだと驚く　木製の四つの脚　床をしばらく跛行し　部屋の隅で急に停止し　椅子は伝説化された　事件を知らぬ男　かぶった毛布から現われ　椅子にこしかける　流通する熱と臭気をぬきながら肛門につながる管をけんめいにたぐり出す　抑えきれぬゴムの状態で　かさばりはじめ　部屋中を占めてのたうちまわる　ものの鼓動　快楽の伸縮　夜のため　その男は久しい前から　猫と顔をならべ　管にかこまれたまま　暗くなってゆき　息をころしてゆき　消える間際で　火事だと叫んだ

この「伝説」という詩などは私にブルーフィルムのシナリオを思い出させる。何という陰気な楽しみにあふれた詩だろう。（そしてこうした孤独な夢想の配給者として、吉岡実の存在は、私たちにとっての書斎のセレモニーなのではないだろうか？）彼の詩は「エロチック」という洒落たいいまわしで評するよりも、「肉欲的」というぶあつい形容詞で評するにふさわしい。その「肉欲」という評し方もとことんまでつきつめていくと、悪夢の思想化といった形での凝縮度を見せてくれるのである。

1

四人の僧侶
庭園をそぞろ歩き
ときに黒い布を巻きあげる
棒の形
憎しみもなしに
若い女を叩く
こうもりが叫ぶまで
一人は食事をつくる
一人は罪人を探しにゆく
一人は自瀆
一人は女に殺される

2

四人の僧侶
めいめいの務めにはげむ
聖人形をおろし
磔に牝牛を掲げ
一人が一人の頭髪を剃り
死んだ一人が祈禱し
他の一人が棺をつくるとき
深夜の人里から押しよせる分娩の洪水
四人がいっせいに立ちあがる
不具の四つのアンブレラ
美しい壁と天井張り
そこに穴があらわれ
雨がふりだす

3

四人の僧侶

夕べの食卓につく
手のながい一人がフォークを配る
いぼのある一人の手が酒を注ぐ
他の二人は手を見せず
今日の猫と
未来の女にさわりながら
同時に両方のボデーを具えた
毛深い像を二人の手が造り上げる
肉は骨を緊めるもの
肉は血に晒されるもの
二人は飽食のため肥り
二人は創造のためやせほそり

4

四人の僧侶
朝の苦行に出かける

一人は森へ鳥の姿でかりうどを迎えにゆく
一人は川へ魚の姿で女中の股をのぞきにゆく
一人は街から馬の姿で殺戮の器具を積んでくる
一人は死んでいるので鐘をうつ
四人一緒にかつて哄笑しない

5

四人の僧侶
畑で種子を播く
中の一人が誤って
子供の臀に蕪を供える
驚愕した陶器の顔の母親の口が
赭い泥の太陽を沈めた
非常に高いブランコに乗り
三人が合唱している
死んだ一人は

巣のからすの深い咽喉の中で声を出す

6

四人の僧侶
井戸のまわりにかがむ
洗濯物は山羊の陰嚢
洗いきれぬ月経帯
三人がかりでしぼりだす
気球の大きさのシーツ
死んだ一人がかついで干しにゆく
雨のなかの塔の上に

7

四人の僧侶
一人は寺院の由来と四人の来歴を書く

一人は世界の花の女王達の生活を書く
一人は猿と斧と戦車の歴史を書く
一人は死んでいるので
他の者にかくれて
三人の記録をつぎつぎに焚く

8

四人の僧侶
一人は枯木の地に千人のかくし児を産んだ
一人は塩と月のない海に千人のかくし児を死なせた
一人は蛇とぶどうの絡まる秤の上で
死せる者千人の足生ける者千人の眼の衡量の等しいのに驚く
一人は死んでいてなお病気
石塀の向うで咳をする

9

四人の僧侶
固い胸当のとりでを出る
生涯収穫がないので
世界より一段高い所で
首をつり共に嗤う
されば
四人の骨は冬の木の太さのまま
縄のきれる時代まで死んでいる

あんにゃの思想

黒田喜夫は「あんにゃ」である。「あんにゃ」というのは兄にゃであって兄つぁではない。「あんつぁ」は跡取り息子だが「あんにゃ」は自分の土地を持たずに他人の土地を耕やしている男のことだ。それは宿命的に飢えた男であり、農政が革命的にあらたまらないかぎり、生涯ガスタカリ野郎ですごさなければならないのだ。それは、まさしく「死にいたる飢餓」であると黒田は書いている。

彼の詩は、いわば呪いの詩である。だが、彼が呪っているのは宿命などという霧のように手ごたえのないものではない。彼は自分の暗黒物語のなかで、ほとんど狂気といっていいほどのはげしさをこめて「ゲリラ」になりかわった自分を空想しつづけるのである。岩田宏は、この黒田喜夫に「疎開時代、わたしはきみらのところで余計者だった。今度はきみがこの都会でよそ者になる番だ。きみのくるしみは、きみ一人のものではない。

……そして突然、都会と農村、労働者と農民という図式が雲散霧消した場所で、わたしはかれを兄弟のように感じる」と書いている。

私もまた東北生まれのガスタカリだったのである。彼の息のながい復讐心、許しもしなければ忘れもしないで「覚醒と昏酔の境」で目を見はりつづけている鬼のような男と紙上で出会うたびに、荒涼としたふるさとのことを思い出さないわけにはいかないのだ。

彼の詩「末裔の人々」は、いわば私自身の母の物語でもある。そして私もまた彼を兄弟のように感じることがあるのである。こうした「覚醒と昏酔の境」にこそ、戦後詩人たちの相互コミュニケーションの狭いながらも確実な約束の土地があるように私は思うのである。

それはS館では珍らしくない事件だった。しかし……　D・ベロ「夜の叫び」——

1

三十年余生きたらしい
不安な狐の目と束ねてもぼうぼう
そそける髪の婦だ
肩から脂のない肢をたれ
胸の袋だけみづみづしい
片方の袋はにぎらせ
片方の袋に男をひとり咥えさせて下げ
尻をつけて坐った酷暑の午後
何もない台所から這ってくるゴキブリを潰してると
管理人が入ってきてもう最後通告だといった
男は乳房から落ち
いま相対安定期は深い危機を孕んできたと呟いて
逃げ去ったが

あとに泣声はない
呪咀を隠した婦が
ただ無言で管理人を押しだすと
窓と扉をぴったり閉めた
穴にこもる狐になった

2

夕暮れ
男がかえってくる
その浮浪に狎れた足どり
受難の人は赤狩り《レッド・パージ》以来の浮浪の足どり
転移のときはきた
明日の長征を想うなどとモノローグしながら
ステテコという股引姿で
足音をひそめかえってくると
酷薄な敵はまだ去らない

廊下に蒼ざめた管理人が立ち
惨劇の予感がみなぎっていた
奥さんが変だという
永く閉めきって応えはなく変な音がするだけと聴くと
不意によみがえった行動で
扉に躰をぶっつけていった

3

破れた扉から
現れたのは髪ふり乱した狐だ
せききった唸声だ
いや　破れた扉に
笑みこぼれ
立上ってきた婦は男を抱くと
もう浮浪の月日はいや
旅はおわり

ここがわたしの土地
わたしたちの土地よ
はればれと狂った婦の笑顔が現われてきた
見ると四畳半の畳をあげ
根太を切り
露わな土を掘ってひとつかみの米が蒔いてある
何処にも行かなくていい土地わたしたちの土地よ
はればれと笑みこぼれてる
男は笑わない
抱かれたままだ
露わな土を凝視したが
もしかすると芽が生えるのか
だがこの一揆のあとのヴィジョンは見えない
見えてこないと叫びだしながら
悶絶する管理人をふりかえった
男は悶絶をこらえていた

註

1桑原武夫「第二芸術」（世界、昭和二十一年十一月号）　2メルロオ・ポンティ『知覚の現象学』　3鮎川信夫「Xへの献辞」　4鮎川信夫『現代詩とは何か』　5谷川俊太郎（長谷川龍生詩集『虎』あとがき）　6バルビュス『地獄』の一部分——この部分はC・ウィルソンも『アウトサイダー』の中で引用している　7私の小説「あ、、荒野」（現代の眼・連載）を参照されたい。

この本を詩集がわりに読もうとする人たちのためのあとがき

もし、この本から「詩」だけを読もうとする人たちは、ここに掲げる目次を利用されると便利である。（文中、長い詩を長いままで引用しておいたのは、この本が単なる私の批評《クリティーク》としてだけではなく、『詩集』としても読めるように考慮したからである。）

このやり方は木島始の『詩・黒人・ジャズ』に倣ったものだが、なかなかいいアイデアだと思う。本当はエーリッヒ・ケストナーばりに引用詩すべてを読者の気分にあわせた見出し――『抒情的人生処方詩集』としての手法も附そうかと思ったが、それは止めた。現代には類似治療を要する病気がありあまっているが「特効薬」的な詩の方は、いささか手薄のように思われる。

詩の選択はそのまま、私の主張の反映である。したがって、この目次通りに詩だけを読んでも私の戦後詩の「あるべき方向」への指向はわかっていただけると思う。

1（必らず読んで欲しい詩の目次）

叫びと行為（部分）……黒田喜夫 20
十五才の異常者……藤森安和 27
鳥 四章（部分）……安水稔和 43
鳥を葬る……安水稔和 44
恐山（部分）……長谷川龍生 57
神田神保町……岩田 宏 107
山荘だより3……谷川俊太郎 112
日日……谷川俊太郎 114
あら。かわいらしい顔。――イヤラシイ子ダヨ――……藤森安和 166
説明……藤富保男 175
小詩集……北村太郎 194
星野君のヒント……田村隆一 198
鳥肌の森……長谷川龍生 208
窓……谷川俊太郎 213
やしゃごの唄……岩田 宏 215

僧侶……吉岡　実　221
末裔の人々……黒田喜夫　229

2（その他引用詩すべての目次）

七十五セントのブルース（部分）……ラングストン・ヒューズ　木島　始訳　13
通勤人群……木島　始　15
東京ブルース……水木かおる　16
雲（部分）……石川逸子　17
可愛い娼婦に……星野マリ　31
咆哮（部分）……アレン・ギンズバーグ　古沢安二郎訳　34
鳥（部分）……安水稔和　42
ラワン……北村　守　49
骨……北村　守　53
死のなかに……黒田三郎　74
祈りの唄……山本太郎　80
みみよりも愉快な自殺の唄……福島和昭　83
タイトル不明……牟礼慶子　91

対話……茨木のり子 92
わたしが一番きれいだったとき（部分）……茨木のり子 93
東京へ行こうよ……大久保正弘 95
東京へゆくな……谷川雁 95
フラスコ……鎌田喜八 106
机上即興（部分）……谷川俊太郎 112
呪婚の魔（部分）……天沢退二郎 137
たそがれ……吉野弘 141
もっと強く……茨木のり子 144
誰でもが知っている憂鬱……エーリッヒ・ケストナー 小松太郎訳 154
もういちど人生がくりかえされたら……エーリッヒ・ケストナー 小松太郎訳 157
人生の並木路……佐藤惣之助 161
ああ上野駅……関口義明 162
かえしておくれ今すぐに……藤田敏雄 163
引力……三好豊一郎 169
かくれんぼ……嶋岡晨 171
伽歌（部分）……加藤郁乎 172

エクスタシス（部分）……加藤郁乎　172
唄入り神化論（部分）……加藤郁乎　173
五月の人ごみ……谷川俊太郎　178
軽業……谷川俊太郎　179
人づくり……谷川俊太郎　181
牧童の画に題す……西条八十　190
マドロス子守唄（部分）……西条八十　190
娘役者の唄（部分）……西条八十　190
これが男の生きる道（部分）……青島幸男　191
五万節（部分）……青島幸男　192
四千の日と夜……田村隆一　195
立棺（部分）……田村隆一　195
言葉のない世界（部分）……田村隆一　197
出世街道（部分）……星野哲郎　210
俺の涙は俺が拭く（部分）……星野哲郎　211
純愛のブルース……星野哲郎　212
伝説……吉岡　実　220

この本のしめくくりとしての私自身のためのあとがき

批評とは何という醒めた仕事だろう。

私はこれを書きながらクリストファ・オデットのように「醒めて歌え！」という文句を何べんも繰り返してみたが、やっぱり「歌う」ことなどはできないのだった。私はひとつの詩についてばかり書いてきたが、本当は途中から自分自身のことを書きたい欲望に何度も襲われる始末だった。

「観察《オブザベーション》」というのは所詮、他人の仕事である。私はこれを書きながら、終始他人である自分を感じて苛立たしかった。たとえば木原孝一は「戦後の詩壇」という論文の中で「一九五六年以来、詩壇は主題を失いつつある」と書いている。だが、私には「詩壇」などというものを詩を書く主体として考えることはできなかったし、そうした総括的な展望の仕方が似合っていなかった。

だから私が書いたのは結局、戦後詩の（戦前との対比におけるというような）歴史的な意味づけではなくて、同時代の詩人たちへの「話しかけ」にすぎない。

それはきわめて孤独な仕事であった。そして「孤独の難かしさは、それを全体として処するところにある」かぎり、私の批評《クリティーク》もまたたやすく受容れられないものと思われる。

ここに引用した詩の数倍の「戦後詩」を読んで、私の感じたことは何よりもまず、詩人格の貧困ということであった。詩人たちはみな「偉大な小人物」として君臨しており、ユリシーズのような魂の探険家ではなかった。詩のなかに持ちこまれる状況はつねに「人間を歪めている外的世界」ではあっても、創造者の内なるものではないのだった。私がこのアドリブ的な詩論の副題に「ユリシーズの不在」とつけたのはそうした詩人格への不満に由来している。せめて、私だけはユリシーズ的な詩人格を目指したいし、愛される詩人になりたい。いや、愛される詩人などよりは畏れられる詩人になりたいと思うのである。

だから、この本の続きの仕事を、私は私自身の詩の実作によってはたすつもりである。まだ何ひとつとして終ったわけではない。最後に、この本を書くことをすすめて下さった前紀伊國屋書店出版部の村上一郎さんにお礼をいいたい。村上さん、どうもありがとう。

寺山修司の凄みの謎を追って

解説

小嵐九八郎

《マッチ擦《す》るつかのま海に霧《きり》ふかし身捨つるほどの祖国はありや》

敗戦後十三年、日本の国連加盟とかつてのソ連でスターリンという偉い人が批判されて二年後、小中学校で道徳教育が実施された年の一九五八年に出た『空には本』という歌集でこの一首は知られるようになった。短歌に無関心なまま青年時代を終えた当方もどういうわけかこの歌は消しようもない引きずりとして頭というよりは鳩尾《みずおち》の底あたりで覚えていた。既に〝祖国〟感覚の世代ではないのに、インターナショナルが大切と思いながら、やはり、〝祖国〟は問いかけてきた。

恐れ入るが、この一首を除いて寺山修司ときちんと向かいあったのは、三十代の終わりで、同世代でもあまりに遅い。

ブンガク、おっと、文学について音痴というか無知な暮しを学生時代からほぼ二十年続け、政治には到達し得ない革命ごっこをして、一九八〇年代しょっ端、新潟刑務所にいた。刑務所というのは時代遅れが多いけれど、時代の先取りもあって、真夏に冬場の石油ストーブの耐震装置のビス入れで、増産、効率、また増産の、過ぎた働きを強いる日日だった。存在証明的に反抗したら、背中に後ろ斜めの革手錠の〝いじめ〟に遭い、その七日間の懲罰から独居房に戻ると、そろそろ饐《す》えるばかりのイデオロギーの上に身心の疲れが重なり、ぐったり。それで、自宅の関東で待つかみさんからの差し入れの本をぺらぺら捲ってみた。

《きみのいる刑務所《けいむしょ》とわがアパートを地中でつなぐ古きガス管》

いくらなんでも北陸の新潟と自宅のある煙っぽい川崎をガス管で繋ぐのは無理としても、この短歌の作者は、空想力が逞しい上に、その空想力に切なる思いを然りげなく託している。いいわな。あ、これが寺山修司という人の歌集だと気がついた。

《煙草《たばこ》くさき国語教師が言うときに明日という語は最もかなし》

「煙草《たばこ》くさき」は、酒くさき、黴《かび》くさき、芋《いも》くさき、にしても通じそうで、でも、やっぱり「煙草《たばこ》くさき」ではならなくて、「明日」は、夢、希望、主義《しゅぎ》の譬《たと》えであろうし、この教師は誰かに似ている。そう、教師を使っての作者に、作者だけでなく俺も含め、人人の生に。

《大工町寺町米町仏町老母買ふ町あらずやつばめよ》

町の名を並べても詩になる不思議さを感じながら「老母買ふ」で、ぎょっ。老いた母を押しつける町はなく、捨てるしかないという意味か。そう〝姥捨《うばす》て〟の歌だ。

《新しき仏壇買ひに行きしまま行方不明のおとうとと鳥》

この歌人の弟は行方不明になったのか、いいや、この弟はたぶん、誰の胸底にも降りてゆけるための創作で虚構のはず。釈放された暁には娑婆で、酒、煙草、かみさんへの奉仕の次に、寺山修司の弟が実在したかを調べてみようとなった。

《かくれんぼの鬼とかれざるまま老いて誰をさがしにくる村祭》

もう、隠れん坊という子供の遊びは廃れてきていたが、俺達には必死な遊びであった幼少時代があり、じゃんけんで負け、鬼になって、探せど探せど見つからない不安と、鬼だから決められた約束ごとを守らねばならないという縛りが、監獄暮らしになぜか似合い、歌が迫ってきた。これは、家族や村や町の仲間とか学校や会社や宗教団体や政治組織に属して、何かに尽くそうとして、やがて尽くせず老い、それでも尽くす心だけは消えないうら悲しさとして映るはず。〝嘘〟の設定として明白にありながら〝嘘〟が素晴らしく映る人生の怖さ空しさがある……。

そう――短歌の万葉時代からの基本であるおのれの正直な体験や実感、近代の更に自らの眼の実際と自己の意識のこだわりと、まるで別の、童話、ミステリーやホラー小説、映像の世界がある。中学や高校の教科書で学んだ、斎藤茂吉の正統らしい〝嘘〟のない写生調、与謝野晶子の誇張を含んだとしても実体験の恋の膨らみ、石川啄木の実際の貧困と病と自意識を隠さぬ歌とは明明白に異なる。たった三十一文字の中にドラマと他者つまり読み手への脅しを孕む。楽し過ぎる。悲し過ぎる。暗過ぎる。都会人だって入らざるを得ぬ墓穴周辺の土着塗《まみ》れの歌なのだ。

《ふるさとの訛《なま》りなくせし友といてモカ珈琲《コーヒー》はかくまでにがし》

懲罰房での〝犬食《いぬぐ》い〟の屈辱と疲労から、急に力をくれた歌集は、もっと当方をおかしくさせていった。

そういえば、収監される前にテレビで東北でも最果ての青森弁を臆することなく喋っていたのが寺山修司という人であった。俺は、そろそろ青森県に近い秋田県の能代というところで、特産の杉の丸太とそれを運ぶ馬車の文字通り馬糞色の道と、慣れれば芳《かぐわ》しい馬糞の匂いに囲まれ育ち、一九五〇年代の初め八歳で都会に出てきた。その土着語ゆえに、刑務所より辛《つら》い目に遭っちまう。修司は大学に入るために上京したのだから、もう青年で十八歳ぐらい、東京の話し言葉には生涯順応できなかったはず。

それで、この「訛《なま》りなくせし友といて」に、同じ東北出身者として奇妙に引っ掛けられ、共鳴りさせられながら、修司への俺の既成のイメージの貼り合わせを獄中でやった。

第一に、偏《かたよ》ったイデオロギーのせいで、狭く狭く、寺山修司という人の主な職業は、競馬の予想屋と思い込んでいた。というのは若い頃当方も馬券買いは妻子寸前ほどに好きで

〝敵〟のある党派の機関紙やアジビラで「赤鉛筆を舐め舐め馬券売場に通うＫ」と書かれたことがあり、修司が大レースの前にはテレビに出て、堂堂と青森言葉で予想をやっていたので、見逃さなかったのだ。でも、いつも外れ馬券を握らされていた。しかし、修司の予想は〝敗北の美〟を含んでおり、悔いをよこさない清清しさがあった。そういえば、修司は馬主にもなっていたから〝勝つ〟に執念は持っていたとしても、愛馬の勝利だけではない〝命運〟を確《しか》と考えていたはず。

第二に、修司は流行歌を作る詩人と思い込んでいた。全共闘の学生が立て籠もる東大安田講堂の攻防でその砦《とりで》が陥落した年、一九六九年、カルメン・マキの歌う『時には母のない子のように』が大ヒットし、町町に、大学のバリケードに、ラジオから拘置所に溢れ出た。「母のない子になったなら　だれにも愛を話せない」のリフレーンは、詩の根っこで、実在不在を問わず普遍的な母を核として、その曲と声の質を率いて共振させているがゆえ、かなり鮮やかに記憶している。むろん〝過激派〟、つまり新左翼といわれた若者の間では、高倉健が歌い、作詩は水城一狼と矢野亮の「義理と人情を秤《はかり》にかけりゃ　義理が重たい男の世界」で始まる『唐獅子牡丹』もナルシズムに酔えるので熱く歌われていた。両方とも、母、が鍵なのだが、高倉健が歌うのは侠客、即ちヤクザに託しての〝政治と組織〟、カルメン・マキの方は垣根を全て取っぱらっての〝政治とは底で切れない絆と情〟あたりで、この詩は修司のイデオロギーの怖さ怪しさを知ってのイデオロギーの〝無化〟

という思想表明であり、多数者獲得の広角の眼差しが見え隠れしていた……ような。

第三に、いかに世間知らずの隠れ家暮しをしていても、世の情勢を少しは知らねばならないという義務の気分で、なお、学生運動の熾火《おきび》が残っている中で、映画を、『田園に死す』を、修司の監督脚本のそれを、観《み》たことがある。ふらりと映画館に入ったのは、一九七四年、年表を繙《ひもと》くと、オイル・ショックでトイレットペイパー買いに人人が走った後あたり、修司が三十八歳頃と分かる。『田園に死す』だった。解らなかった。義理も人情も愛もない。しかし、しかし。その場面の転換ごとに、アメリカ西部劇の名作『シェーン』、イタリア映画の『自転車泥棒』やスペイン映画の『汚れなき悪戯』、成瀬巳喜男の侘しい果てをゆく『浮雲』、黒沢明の闘争の先っちょを撮ったと映る『七人の侍』とはまるで異なる変《へん》な世界が確乎としてあるのであった。幻想、無気味、謎を謎としたまま観客に放って、だから、かえって呼び込み、その上で、映画を作った人、写した人、役者に、直接に会い、忿懣《ふんまん》や疑問や嬉しさをぶつけたいような〝純観客〟では済まされない印象をよこしたのだ。

第四に、これは新聞の社会面が叩き込んでくることだったけれど、修司は、演劇もやっていて、小劇場の『天井桟敷館』を、全共闘の闘いの絶頂と後退の分け目の東大安田講堂決戦の二た月後に作り、あれこれ問題になっていたのだ。それで、ついには街に出て、普通の団地の戸別訪問劇にまで発展し、動転した住人にパトカーを呼ばれてしまう〝事件〟

となった。俺は、まるで、修司の演劇は観ていない。観ていないのに、あれこれ書くのは、この仕事をよこした編集者に感謝をするが不遜と自覚する――もっとも、ゲージツ、おっと芸術も、芸術の一分野とされる文学も、かつてのフランス大革命前に懸命に動き死んだJ・J・ルソーの政治・思想・音楽・小説を跨いだことや、修司の冒険と挑戦とは反比例して細かくなり、詩歌人も、物書きも、評論家も現代の労働と同じく分業化され、誰が書いても修司の全体像については至難のテーマだろう。逆にいえば、修司は、初期マルクスの説く〝分業の廃棄〟の思想とほぼ無縁に、人間が全ての思惟《しい》と行動のジャンルで生き生きすることを既に挑んでいたことになる。その上で、劇場という器や場から街へ、劇と日常の攪乱と官憲の介入という目論見は演劇についての素人にも衝撃をよこしていた。党派闘争、通称内ゲバに身を窶《やつ》し、ひそっと蠢く者には、修司の市街劇は、観なくても、人人を幻想であり実体である政治とその基礎の日常生活へ大胆に、いや、留守宅にいる我が妻と子の生活に監獄の実情を、など、ぎりぎり考えさせられた。

娑婆に出て、二十年ほど経ってから、井上ひさしや別役実が責任編集した日本で唯一の戯曲雑誌を企画して出したT氏に熱く教えられた。修司がやった演劇は小劇場での〝見世物の復権〟と〝素人の役者による外部からの演劇というシステムのぶち壊し〟から、〝劇を観客と互いに作りあっていく〟、そして〝劇場は演劇の牢獄だから市街へ〟、また〝日常と虚構の境をごちゃごちゃにしてしまう〟へと行った「破天荒な演劇変革者、あるいは、演劇制度の破壊による演劇の蘇生者《そせいしゃ》」という。そういえば、少年よりは青年が熱中した『少年マガジン』での『あしたのジョー』の主人公のライバル力石徹が壮烈なるリング上での闘いの果てに死に、その弔《とむら》いの葬儀委員長をやったのが修司だった。一九七〇年のことだ。なにせ、その年、修司も背後関係で取り調べられた共産主義者同盟赤軍派が日航機をハイジャックして北朝鮮へと渡り、その実行Capが「我々は〝あしたのジョー〟である」と宣言したぐらいに、この劇画は燃えていた。その葬儀委員長になる修司は、架空は架空、虚構は虚構という現代人の枠を取っぱらい、中国古代の思想家の荘子的な〝胡蝶の夢〟のごとき、人類史に遡って、あるいは人類史そのものの演劇を実行したような気がしてしまうのだ。そして、本当に、修司は自身の劇をドイツ、フランス、オランダなどで上演する。

いずれにしても、当方は、釈放の暁には、先行きは暗いけれど渡世《とせい》の義理で闘争を、そして、夢として短歌を作るのだと勝手な希望を抱いた。実際、全共闘前後を歌謡調と絶叫調を綯《な》い交《ま》ぜに歌う福島泰樹、バリケードの最盛期に没落を見てしまう写実調の道浦母都子という歌人が外にはいたのであったし……。

ところが、釈放されて、修司と共に前衛短歌運動をやった歌人のいる結社に年会費一万二千円を払い入り、歌を勉強しはじめたら、いろいろ、あれこれ知ってくる。

《ユダ恋ひてなぐさむ男月見草》

《方言かなし菫《すみれ》に語り及ぶとき》
《暗室より水の音する母の情事》
まずは知る、修司は、高校時代に、全国学生俳句会議を組織していて、詩歌の出発は俳句だったと。決まった形の五七五には収拾できない迸《ほとばし》りと、言葉の足りなさへの踠《もが》きを孕み始めていたとも。
《……（略）
いつものようにオレンジむいて
海の遠鳴《とおな》り数《かぞ》えておくれ
そこから
青い海が見えるように》
次に、もう一つも二つも少女に対して残酷になり切れないこの現代詩というか自由律詩というかは『少女詩集』の中の『ぼくが死んでも』だけれど、修司は、歌謡曲の作詩だけでなくいろんな詩を作っていたと分かる。
そして、修司は、短歌の主語とどうしてもならざるを得ない歴史を纏《まと》う一人称ではなく、同じ一人称でも脱自己自身を用いて、ドラマや虚構の凄みで勝負したい思いがあったことも分かった。しかし、そう考えても、おのれ修司 vs.全世界を知ってしまったことも。
えっ、なのだが、従って、短歌に付き合ったのはせいぜい十一年間か、それよりちょっぴり少いか長い間、とっくに訣別していること。ま、当方の邪《よこしま》なる推理でいけば、歌人の親分子分、古株と新参者の序列は歌会の二次会の飲み屋での座る場所まで決められるわけで、ついに修司は結社に入らなかったし、作らなかったように、どうしようもなく、ついには、人間も決まった形にしていく歌壇の底を見てしまったのだろう。五七五七七の定型に染められて奔放なる詩を作れず、定型を作る場所以外になると、いきなりというか必然にか「わたし、俺、僕、あたし」となってしまうあまりの自意識過剰にも鼻白んだに違いない。

そしてまた、当方は、修司に「青年以降でも、土着語は工夫次第で、東京訛りになれて、かつ、土着語もきちんと話せるつまらない方法」を直に説きたい大志を抱いていたが、あ、あ、あの呼吸のうちに、早い、早過ぎる、一九八三年、好きであったろう緑の洪水の五月に寺山修司は死んでしまった。享年四十七。

今年二〇一三年、修司が死して三十年。

死後十年、二十年よりも、思い込みゆえか三十年の方が、俳句誌、短歌誌、新聞、週刊誌、月刊誌の取り上げ量が多いと感じる。数年前、宗教雑誌以外で一番売れている月刊誌が「日本が一番輝いていた一九五五年〜一九七五年」とかを特集していたけれど、思えば修司は、〝階級〟の対立で燃え、暴力がまだ原始時代の半分ぐらいは通用し、管理社会が未完成の時代を突っ走った。日本史の滅びを前にして、修司の力が時代とともにあり、決して修司以後の修司は出てこない嬉しさと悲しさを思う。

この『戦後詩』を繙《ひもと》く当方も、六十八歳。改めて、修司のあらゆる詩への熱情、愛着、あっさりと殺しが可能の鉈《なた》の刃以上の批判精神に驚く。

自由律詩の自慰的作業への痛撃は、米ソ対立の厳しい一九六五年の時代のこの論『戦後詩』に、ちゃんと記してある。現代詩人は、イデオロギー、思想を、斜めに見るだけでおのれの自意識を満たしていた。自分の巣《す》に帰って傷口と誇りを舐めあっていた。ゆえに東西対立が消えると詩の標的を失なう。その通りに、今のところ、なっている。頑張ってほしいもの。

戦後詩の代表七人の選び方も、当時としては破天荒で、今となっては翼《つばさ》の広い眼差しを持つ。

修司が選んだ俳人の西東三鬼は戦時中に、その句ゆえに逮捕《ばく》されていて《白馬を少女瀆《けが》れて下《お》りにけむ》の清冽と肉の生の同居の句、《女立たせてゆまるや赤き旱星《ひでり》》のアブノーマルを詩として成立せしめる句、《露人ワシコフ叫びて石榴打ち落す》の赤色ロシア革命へのやるせない忿懣の句などがある。歌人の塚本邦雄は修司より早く、短歌における作者の一人称を他者にも換えて私性を廃絶、譬喩《ひゆ》の深さで万葉以来の歌を一変させた嘘偽りなき巨人である。《革命家作詞家に凭りかかられてすこしづつ液化してゆくピアノ》《馬を洗はば馬のたましひ冱ゆるまで人恋はば人あやむるこころ》など歌っている。修司の定型詩が持つ定型の定めへの悲憤と、破壊と、その次への激情が解ろうというもの。

何より、おお、と息を飲むのには戦後七人の詩人のうちの一人に、歌謡曲の詩を作った星野哲郎をしっかと入れていること。そうです、都はるみの唸《うな》りに『アンコ椿は恋の花』、北島三郎の地鳴りの声に『兄弟仁義』を託した人である。修司が、阿久悠に出会っていたら、どう評価したのだろう。

正直に記すと、書く言語に関しては、石川啄木、宮沢賢治、太宰治、斎藤茂吉、この修司と、途轍もなく快い響き、洗練された美しさ、迫る滾《たぎ》ちがある。全て〝正統〟外の東北の言葉で育っているが、そういうことよりは、負《ふ》を内に消しがたく持つ者こそ、文学で決め手を残すような気がしてならない。修司の負《ふ》とは何か？　今更、迷いつつ。

本書は、『戦後詩　ユリシーズの不在』（ちくま文庫・一九九三年刊）を底本とし、適宜、同書紀伊國屋書店版（一九六五年刊）を参照しました。なお、底本中明らかな誤りは訂正し、多少ふりがなを調整しました。底本にある表現で、今日からみれば明らかに不適切なものがありますが、作品が書かれた時代背景と作品的価値を考慮し、そのままとしました。よろしくご理解のほどお願いいたします。

戦後詩《せんごし》　ユリシーズの不在《ふざい》

寺山修司《てらやましゅうじ》

二〇一三年八月九日第一刷発行
二〇二四年一〇月一五日第五刷発行

発行者――森田浩章
発行所――株式会社　講談社
東京都文京区音羽2・12・21　〒112-8001
電話　編集（03）5395・3513
　　　販売（03）5395・5817
　　　業務（03）5395・3615

デザイン―菊地信義
印刷――株式会社KPSプロダクツ
製本――株式会社国宝社
本文データ制作―講談社デジタル製作

定価はカバーに表示してあります。

講談社文芸文庫

ISBN978-4-06-290205-2

講談社文芸文庫

塚本邦雄—珠玉百歌仙　島内景二—解
塚本邦雄—新撰 小倉百人一首　島内景二—解
塚本邦雄—詞華美術館　島内景二—解
塚本邦雄—百花遊歴　島内景二—解
塚本邦雄—茂吉秀歌『赤光』百首　島内景二—解
塚本邦雄—新古今の惑星群　島内景二—解／島内景二—年
つげ義春—つげ義春日記　松田哲夫—解
辻 邦生—黄金の時刻の滴り　中条省平—解／井上明久—年
津島美知子-回想の太宰治　伊藤比呂美-解／編集部—年
津島佑子—光の領分　川村 湊—解／柳沢孝子—案
津島佑子—寵児　石原千秋—解／与那覇恵子-年
津島佑子—山を走る女　星野智幸—解／与那覇恵子-年
津島佑子—あまりに野蛮な 上・下　堀江敏幸—解／与那覇恵子-年
津島佑子—ヤマネコ・ドーム　安藤礼二—解／与那覇恵子-年
坪内祐三—慶応三年生まれ　七人の旋毛曲り 漱石・外骨・熊楠・露伴・子規・紅葉・緑雨とその時代　森山裕之—解／佐久間文子-年
坪内祐三—『別れる理由』が気になって　小島信夫—解
鶴見俊輔—埴谷雄高　加藤典洋—解／編集部—年
鶴見俊輔—ドグラ・マグラの世界|夢野久作 迷宮の住人　安藤礼二—解
寺田寅彦—寺田寅彦セレクション Ⅰ 千葉俊二・細川光洋選　千葉俊二—解／永橋禎子—年
寺田寅彦—寺田寅彦セレクション Ⅱ 千葉俊二・細川光洋選　細川光洋—解
寺山修司—私という謎 寺山修司エッセイ選　川本三郎—解／白石 征—年
寺山修司—戦後詩 ユリシーズの不在　小嵐九八郎-解
十返肇—「文壇」の崩壊 坪内祐三編　坪内祐三—解／編集部—年
徳田球一・志賀義雄—獄中十八年　鳥羽耕史—解
徳田秋声—あらくれ　大杉重男—解／松本 徹—年
徳田秋声—黴|爛　宗像和重—解／松本 徹—年
富岡幸一郎-使徒的人間 —カール・バルト—　佐藤 優—解／著者—年
富岡多惠子-表現の風景　秋山 駿—解／木谷喜美枝-案
富岡多惠子編-大阪文学名作選　富岡多惠子-解
土門 拳—風貌|私の美学 土門拳エッセイ選 酒井忠康編　酒井忠康—解／酒井忠康—年
永井荷風—日和下駄 一名　東京散策記　川本三郎—解／竹盛天雄—年
永井荷風—[ワイド版]日和下駄 一名　東京散策記　川本三郎—解／竹盛天雄—年

▶解=解説 案=作家案内 人=人と作品 年=年譜を示す。 2024年9月現在